你今天的失败和迷茫是每个人都曾有过或正在经历的。
成长路上，你永远不是孤单一人。
在你未曾注意到的某个角落里，有人与你一同前行。

无论世界怎样斗转星移，
我都希望你能坚持曾经追求理想的那份热血和原则，
勿忘初心。

鸡汤虽好，切勿贪杯。
人只有立足脚下，才能遥望远方。

生活不止眼前的苟且，还有远方的苟且。
因为过不好今天的人，同样过不好明天。

一个饿着肚子的人，
是不可能只靠着白纸黑字就获得满足和幸福的，
这就是你要少看心灵鸡汤的原因。

有些人以为自己倾尽所有是为了成全别人，
其实到最后只是为了感动自己、糟蹋时光。

少年，我理解你如今的痛苦和无奈，

因为我清楚地知道，伟大梦想、远大抱负、真挚情感所面对的

一切阻力都源于三个字：

没有钱。

这很残酷，但你得认。

在这个世界上，
有多少人喜欢你就有多少人恨你，
有多少人夸你就有多少人骂你……
作为一朵漂亮的花，你要坚强地绽放着。

没有人知道这一路你都经历了什么，
就像没有人知道自己曾在别人的青春里留下了怎样的印迹。
我们终究只是彼此生命里，
偶尔拔刀相助、偶尔冷眼旁观的过客。

我不知道这条河的源头在哪里，更不清楚它的终点在何处，
也预测不出前方还要面临怎样惊心动魄的狂涛恶浪，
但我知道，这片暗流汹涌的海域就是属于我的水源，
我要顺着它的流向去看一看沿途的风景。

你的人生是你自己的，不是你家人的。
你要自己选择一个你想留下来度过余生的地方。

人云亦云地喊“永远年轻，永远热泪盈眶”并不是一件值得炫耀的事，
永远地保持独立思考的能力，
清醒地去看待这个并不是非黑即白的世界，
才是项难得的本领。

只有多多经历现实的功利和无情，
并从每一次跌倒中汲取经验，
铭记仇恨的力量，你才能越走越远，
并一往无前。

这世界正在遗忘不改变的人

To Change,
Or Be Punished

澈言 著
works by CheYan

北京联合出版公司
Beijing United Publishing Co.,Ltd.

图书在版编目（CIP）数据

这世界正在遗忘不改变的人 / 澈言著．—北京：北京联合出版公司，2017.5（2018.7 重印）
ISBN 978-7-5596-0240-4

Ⅰ.①这… Ⅱ.①澈… Ⅲ.①散文集—中国—当代
Ⅳ.①I267

中国版本图书馆CIP数据核字（2017）第079502号

这世界正在遗忘不改变的人

作　　者：澈　言
责任编辑：牛炜征
封面设计：胡椒设计

北京联合出版公司出版
（北京市西城区德外大街83号楼9层　100088）
环球东方（北京）印务有限公司印制　全国新华书店经销
字数：188千字 145毫米×210毫米 1/32　印张：7.5
2017年5月第1版　2018年7月第2次印刷
ISBN 978-7-5596-0240-4
定价：35.00元

目录 | CONTENTS

代序

幸会，澈言

李梦霁

澈言是我认识的人里最能折腾的。

大学退学，自主创业，广告圈、传媒圈、出版圈自由切换，做过平面设计、前端开发、图书策划……

如今，要出书了。

活得淋漓尽致。

80后的人，90后的颜，00后的心。

永远鲜活，永远灿烂，永远锋芒毕露。

一身江湖气的澈言，笔下文字竟出尘赤子心。不见卖弄，不见炫耀。尽管熟悉他的我们都知道，如果他愿意，大把故事和酒，足以洋洋洒洒，天花乱坠，掺二两虚情假意，就能招摇过市，行骗江湖。

他不愿意。

在这个浮夸的时代，真诚，显得特别难能可贵。

澈言虽然脏话不离口，但不虚伪，不装，让近旁的人都不自觉卸了面具，坦诚相待。

他笔下的故事都真实，英雄是真，怂也是。

澈言从不自恃清高，对过往向来缄默，不自鸣得意，亦不以过来人的口吻指点江山。

纯朴得，只关心街头那家小面能不能多加个鸡蛋。

但当朋友遭逢变故坎坷、陷在人生的僵局里进退两难时，他定会给予几句良言，柳暗花明。

我喜欢澈言这样将千山万水藏于腹中的人。

行过的桥、写过的诗、做过的梦、阅过的人，不必端上桌面，让非亲非故的无谓人一览无余，留下无关痛痒的咀嚼。

见过大山大水，经过大风大浪，尔后，平和安然。

所有苦难、苟且、挣扎，都在心底，梦里依然有田野和远方。

这种成熟，不张皇，不扎人，云淡风轻。

偶尔去公司，总能看见澈言忙前忙后，跑来跑去，从头到脚热气腾腾。

人生都是单程，长短天定。

我们唯一可以做的，便是无止境地拓展生命的宽度和厚度，借以对抗薄情的世间，与不知所终的明天。

玩命折腾的澈言，北漂近十年，已是驻扎京城的资深钉子户，一口京片子可以假乱真。

下一个十年，我不知他会身处何方，是继续扑腾，还是安营扎寨？

正如我亦不知自己，何日停止飘零。

不祝友谊长青，不祝扬名立万，唯愿此生长安。

不畏人言，不慕显赫，不惧落魄。

幸会，澈言。

（李梦霁，背包客、自媒体人，已出版《一生欠安》。）

适应这个并不友善的世界

黑 熙

认识澈言大约是在2007年——我看到他做的电子杂志，到论坛注册发帖。那时想不到后来我们会逐渐熟络，更想不到有一天他会出书，而我要为这本书写序。

这篇序要讲些什么，我纠结了一整天，临到落笔才灵光乍现，原来是想说说为什么会喜欢他。

很多人都喜欢他。他是生来自带光芒的类型，即使隔着网络，交流沟通80%靠文字，这光芒也不会被减弱。

那个还在念着高中的男生，自己架设、美化并管理论坛，召集一帮同样有着文艺梦想的孩子，积极组稿、编稿、排版设计，定期发布精美的电子杂志。他当时的理想是设计师，他做的电子杂志的某些版面和图片就是他的作品，但他大概想不到我最喜欢的会是他的个人主页。深夜，我坐在电脑前一次次刷新，悄悄看他不厌其烦地修改页面风格，字体字号字色、字间距行间距段落位置……细到看不出多大区别也还是一改再改，有时怎么都不满意，索性彻底换掉。

知道他还是高中生时，我惊叹他哪来的精力兼顾那么多，还都做得那么好。可他对自己并不满意，偶尔聊天，我从他话里听到的总是他对别人的羡慕，以及深深的焦虑。

他带着这种羡慕和焦虑快速成长，辍学北上开始闯荡，一晃就好几年，换了几份工作，创业几次，从菜鸟变成老鸟，拿出一笔钱完成学生时代未竟的心愿，把电子杂志做成一期实体书，现在又要正式出版自己的第一本书。

而他对自己的不满意并没有消减多少，他不断地改变着，去适应这个并不友善的世界。

我们聊天的次数并不多，印象里他一直是个做的多说的少的坚韧少年，后来才发现他也有玩世不恭的一面。他会写愤怒而无奈的文字，有时又提出犀利见解，在群里跟朋友们互相吐槽，也会在文章里坦率地自嘲，工作需要时也拿下过一笔数额不小的投资——看起来真像个文艺小青年被彻底改造成现实的投机者。

他不爱粉饰自己，可这种不粉饰，又恰恰是一张面具，努力遮盖曾经的那个他，那个从来没有消失过的、怀抱美好梦想的、一次次受挫的、幼稚可笑的少年。

这个人至今仍然不认为自己的光芒值得一提，总是被某种紧迫感催促着，却学会把焦虑和迷茫藏起来，嘴上说着不那么靠谱的话，手上努力去做靠谱的事。他的文字，他炖的“鸡汤”，并不是喷香好喝的那一种，它可能苦辣，可能涩口，可能还有小毒，他觉得几口美味的鸡汤并不能让冷酷的现实变得温情脉脉，他无法违心地去安慰谁。

我想我喜欢的，正是这样的他。

愿你也喜欢。

（黑熙，女，最世文化签约作者，作品散见于《文艺风象》《最小说》。）

PART 1

你我的青春都迷茫

致着急焦躁迷茫困惑的年轻人

1

朋友聚会，见了个同学，女孩，1991年的，也从事互联网工作，有两年工作经验。她说现在的工作虽然井然有序但收入平平，每天都觉得很紧张。她感叹说，好担心自己30岁前没法在上海买房子啊，如果不买房子，她就不知道日子该怎么过了。

我愣了一下，很诧异地看着她，说：“我觉得吧，如果不出什么意外，你30岁前肯定不可能在上海买得起房子。”

为什么一个才工作了两年的“90后”会忽然去考虑这么沉重的话题？我想不通，觉得纯属吃饱了撑的。正巧当晚我又在知乎上看到一个帖子，大意是22岁大学肄业，无背景，无人脉，无专业技能，无行业经验，给自己制定了26岁之前赚取400万元的目标，问大家有什么看法和建议。我抱着看众人耍猴的心态，翻完了已有的159个答案，忽然陷入了沉思……

时光回到几年前，刚出校门的我对未来完全没有规划，因为一切对我来说都是未知且新鲜有趣的，当时最大的梦想就是有一份安稳的工作。找到第一份工作后，每月一发只有2000块的工资，我都会心满意足地到路边摊喝酒撸串挥霍一空，想着如果能再有一个姑娘陪着我一起到路边摊喝酒撸串挥霍，似乎就是全天下最幸福的事情了。

一年以后，工作越来越轻车熟路，反而忽然开始迷茫起来，看着花花世界一下子不知所措了——

跟着客户见识了档次极高的餐厅和五星级酒店，看见别人家电齐全精装修的两室一厅羡慕得两眼放光，住够了六环外跟陌生人合租的只有一张床的隔断间；蹭坐在同事的奥迪车里再也不好意思骑自己的廉价自行车上下班；带着姑娘参加同龄人的豪华婚礼，新娘漂亮的拖地婚纱和根本数不过来价格的名贵珠宝，西装革履的社会名流们夹着根本听不懂的外文词汇高谈阔论，穿着动物园买的牛仔裤和网上淘的包邮印花短袖的我们端着根本品不出味儿的红酒，毫无存在感地在最角落吹着冷风望着高高的华丽屋顶……天花板上的水晶灯亮得像满天繁星，闪得人满眼都是委屈的泪。

当我忽然认识了这个世界之后，就变得不认识我的世界了，我想不通为什么人跟人的差距竟然如此之大……我没有心思工作，更没心思生活，每天计算月薪2000块的我什么时候才能过上那样的生活。算了两天之后，我狠狠地给了自己一耳光："你个笨蛋，那根本就不可能。"于是我就在网上搜"怎样赚到自己人生的第一个100万"，并花光所有的钱去买彩票，然后在开奖后毫无素质地将彩票扔到马路上，随地吐口痰说："凭什么就不能让我发个财？"

这种状态持续了很久，而且愈演愈烈，什么事都不能让我高兴。我觉得这个世界真的好无趣，似乎别人都好快乐、好幸福、好发达、好辉煌、好成功、好有钱，而全宇宙就我自己一个货真价实的屌丝，并且永远没有出头之日。

一想到这些，我就更加急功近利，希冀祖坟冒青烟，让我一夜间飞黄腾达。在一个不顺的点上持续发展的后果直接体现在身体上——嘴唇干裂，口腔溃疡，甚至大便干燥，拉的屎砸到马桶里跟石头块一样掷地有声。

我记不清那样糟糕的状态究竟持续了多久，三个月，半年，一年还是两年；我也不知道自己最后是怎么熬过来的，现在想想唯一值得庆幸的就是——我当时并没有想不开自杀……

2

后来我跟一个很成功的创业前辈聊天，他对我说："二十五六岁真是做事的好年龄，哪怕失败也没什么。我现在30了，依然还在创业……挺好的，更何况，假如你们现在功成名就了，那三四十岁时干什么呢？"

我觉得很有道理，后来跟一个朋友聊天时我也这样安慰他（其实也是自我安慰），我说："咱们现在混得不好没关系，要有点耐心慢慢来，不经历风雨怎么见彩虹嘛，何况你现在就成功了，那你30岁以后做什么呢？"

结果他一听，两眼放光，喜出望外地说："我要是现在成功了，三十多岁时就财务自由了，可以开车满世界溜达呀，多好！"

我一时语塞，不知如何应对。

于是他就跟我畅谈了一下他理想的人生路线：

> 22岁大学毕业，在一个小公司里拿三四千块钱的工资；一年后跳槽，拿6000；再过两年继续跳槽，26岁左右在BAT这样的公司里拿8000到10000，一路升职，干到30岁，进入管理层，年薪百万；然后创业，风投闻讯而来，打得头破血流争着要给他塞钱，经过几轮融资，四年后公

司成功上市；35岁左右实现财务自由，担任CEO迎娶白富美，走上人生巅峰。

经过短暂却又漫长的十四年，屌丝逆袭，实现人生理想，多好。

可是，他现在26岁了，在一家电商网站做月薪5000的编辑……说好的“26岁左右在BAT这样的公司里拿8000到10000”呢？他两手一摊说：“唉！简历发过去了无数份，可根本没人理我呀！‘千里马常有，而伯乐不常有’啊！这帮HR都瞎了眼啊？！算算还有四年就奔三了，现在还没房没车，赚的钱才刚够交房租，一点存款都没有。女朋友直呼没有安全感。这样下去还怎么‘30岁年薪百万，35岁财务自由，满世界溜达’呢？”

于是，明白了理想跟现实的巨大差距的着急焦躁迷茫困惑的年轻人，都开始在知乎上提问：“怎样在六个月内赚到15万？”“25周岁前，你主要靠什么赚到50万以上？”“月薪20万以上是怎样一种人生体验？”“月薪2000元在知乎上看别人月薪20000元是一种什么样的人生体验？”“什么样的人一毕业就月薪10000以上？”“刚工作时月薪两三千，过了几年涨到一万多，是个怎样的过程？”“二本大学，如何才能在毕业后月薪10000？”“刚满23岁，如果想在两年之内月薪过万该具备怎样的能力？”“怎样才能达到月薪上万的水平，说说你的薪水变化史吧？”“我到底怎么做才能月薪上万？”“靠自己努力，月薪多少才能在北京买房子？”“学php要拿到月薪20000，至少要熟练掌握哪些知识？”“知友在各自的行业中混到怎样的层次能达到税前月薪30000的薪资水平？”“作为刚工作的java菜鸟，怎么样做才能在三年后成为月薪10000的大牛？”“化工本科毕业生工作多久才能月薪过万？”“您所在的互联网金融公司（P2P、第三方支付、众筹）

真的平均月薪15000吗？”……

每个人都期望能在别人的励志故事中寻求可以借鉴，甚至直接套用的方法。

可是有什么用呢？

励志故事不是灵丹妙药，没法包治百病，更何况这种故事我也能分分钟编出一大堆：在中关村用互联网思维卖肉夹馍能分分钟几百万；去大悦城开一家张亮麻辣烫能分分钟几百万；去学校门口开个丝袜奶茶店能分分钟几百万；去丽江开个咖啡馆，一边卖书、一边喝茶、一边泡文艺女青年，能坐拥江山美女，还能分分钟几百万；去开淘宝店，刷几个星期的钻，然后每天旺旺响个不停、包裹堆成山、好评如潮，分分钟几百万；去微博上当一个拥有百万粉丝的段子手，随便发个广告写个软文分分钟几百万；去买彩票分分钟几百万，去夜市摆个烧烤摊分分钟几百万，去开一个4A广告公司分分钟几百万，去做游戏视频女主播分分钟几百万，甚至去拾破烂一不小心捡漏也能分分钟几百万……

分分钟几百万的例子多了去了，你要真愿意听我可以不吃不喝地给你讲上三天三夜不带重样，但是，这些跟你有关系吗？

试问，哪个行业不需要多年的经验积累？不需要起早贪黑，拼死拼活，累得猪狗不如还得装孙子？有些不光努力卖命还得看机遇和运气，甚至背着一身贷款、各种债务，承担着巨大的风险，搞不好就一夜之间倾家荡产被银行追债、被黑社会索命。每个产业都有赚到盆满钵满的顶尖的那一拨人，但每个行业的金字塔顶端永远都只有那极其少的一小撮人。

地球上有70多亿人口，这70多亿的人都能分分钟赚到几百万？可能吗？

很多心灵鸡汤告诉我们说成功的人那么多，所以我凭什么不能是其中一个；可是失败的人更多，多到数都数不过来，多到密集恐惧症，多到跟卖出去的香飘飘奶茶一样，连起来能绕地球好几圈，所以——

你凭什么就能肯定，你一定不是那个失败的炮灰？

我明白处在一个高度发达的社交网络中，一打开微博、微信朋友圈，就是各种晒照——车子、房子、妹子、新买的漂亮衣裳和名牌包、支付宝账单和余额宝存款、总统套房和海岛美景；一看新闻就是，某某90后总裁又融资几个几千万、谁谁谁创业几年就存款多到几辈子花不完，只能沿街撒钱；打开电视就是各类选秀节目，舞台上都是年轻的95后甚至00后，八块腹肌前凸后翘的型男靓女多到你犯脸盲症。

看看人家，再算算自己的年龄，着急、焦躁、迷茫、困惑、羞愧难当，到最后，大片大片成功的同龄人，甚至晚辈，带着闪闪发亮的光环闪瞎了你本就看不清现状的眼。

3

经常在聚会上听到某些朋友说，你看人家陈欧，年纪轻轻长得又帅，在北京创业才几年，税都没有缴够五年就已经公司上市，变身霸道总裁；你看人家雷军，2010年创业，四年后小米就估值450亿美元。他们让你看看这个，让你看看那个，仿佛别人的成功都是天上掉下来的，一边眼红人家一边抱怨命运的不公，感叹为什么好运气就不能降临到自己头上。

算了吧亲爱的，你根本就不清楚“陈欧们”与生俱来的天赋，更不知道他们抓住和错过了多少机遇、吃过多少亏和赔了多少钱、操了多少心和熬了多少夜，也没人告诉你他曾有过的迷茫和痛苦。

千万不要拿你的人生和他人做比较，因为你根本不知道人家的人生是怎么一回事。羡慕陈欧的人有多少知道在聚美之前那家做砸了的游戏广告公司？羡慕雷军的为什么不去翻翻他的简历、看看他的年龄、想想自己到了那个年纪还有没有这样的拼劲儿，能否积累到如此广的人脉呢？羡慕别人工资高的，难道人家从娘胎里生下来就有五六位数的收入吗？

人们总喜欢拿自己跟别人做比较，比来比去总会比出一堆不痛快。他的成功自有他的道理，那跟你一毛钱关系都没有，心灵鸡汤和励志故事拯救不了任何人，因为你只会看到他的成功，从来不了解也不关心他曾有的失败和挫折。

人们总是只关注金字塔顶端的那一小撮人，不愿去看金字塔下面那成堆的炮灰——虽然这才是绝大多数人的下场。

4

有些女孩成天在微博吐槽，说自己的男朋友没有别人的男朋友大方，只能送自己廉价首饰和山寨手包，不给她零花钱，不给她开支付宝亲密付，还口口声声说爱她，真虚伪，抱怨自己的男朋友为什么不是王思聪。

每每看到这种微博我都觉得很纳闷儿：如果他不是富二代，一般男孩在20岁出头的时候哪来的钱？

财富的积累一定是需要一个过程的，不是每个男孩都能一步登天、一夜暴富的。更何况作为一个女孩，如果你也没钱，那你有什么资格要求和你同龄的他有钱？王思聪能不能看上平凡的你，也是个问题，毕竟霸道总裁和保洁小妹的故事可不是天天有的。

记不清是哪次在《非诚勿扰》上听到孟非（也可能是万峰的某个节目）说的一段话，他对台上的女嘉宾说：“老的你们不要，年轻的你们又嫌没钱。可是你们指望着一个二十多岁、刚毕业的男人能有多少钱呢？刚工作月薪就那几千块，如果不是富二代的话，要凭自己的努力有车、有房，他得奋斗多少年呢？”

所以，如果你很看重物质生活（尽管你可能不承认），你觉得现阶段过上丰衣足食、名包豪车、有零花钱、有支付宝亲密付、看上什么他都能够大手一挥买买买、信用卡拿去随便喜刷刷的生活，才对得起你作为一个女人短暂又宝贵的青春，而他也不大可能一夜暴富（参见我上面的经历），更没有一个有钱的爹（参见上面霸道总裁和保洁小妹的理论），而他身上的上进心和潜力对你来说都不重要，一万年太久你只想争朝夕，那么劝你别在他身上浪费时间了。耽误彼此没必要，没什么不好意思的。那个今天被你抛弃的男孩，在二十年后事业有成之时也有可能找个比他小个一二十岁的漂亮小姑娘，给她名包豪车、零花钱，看上什么就买买买，信用卡拿去随便喜刷刷。

在这个各取所需的物质社会，相当正常。

当然，不可否认的是，这是一个拼背景的年代。我也会感叹说自己辛辛苦苦一年干到头手里还不剩什么钱，而我的同事有个有钱的爹，似乎每天就打打游戏、开车到处转转，年底就能出国度假，逍遥自在……

但抱怨归抱怨，一个成年人总不能天天拿自己的出身当作没出息不争气的借口吧？

难不成我们还能重新去投一次胎？

5

算一算时间，从毕业到今天，已经过去许多年，我经历了初入社会的迷茫好奇和之后很长时间对他人的羡慕嫉妒恨，现在心态终于慢慢地趋于平和了，终于清楚自己在现实面前的无力和痴心妄想一步登天的不切实际了。一夜暴富的故事只发生在千万分之一的人身上，你可能是那个人，但在你还没遇到那个机遇之前，就好好锻炼，积累力量，等待那一刻。

不过，更大的可能是你根本不是那个幸运儿。

很抱歉，我只是在阐述一个事实，我不是在打击谁，当然我也没有说过“既然人生这么艰难，我们就得过且过凑合着过”这种话，我也没有劝你自甘堕落不求上进、浑浑噩噩自我安慰自欺欺人、有一天没一天地混日子……我只是希望你可以理智平和地看待这个社会，别那么焦躁，生命给了什么就享受什么，别惦记他人的生活，那跟你没关系。可以眺望远方，但别忘记走好自己脚下的路。

人生是一场旅行，不要去计较终点，只在乎沿途的美——算了吧，那是段子手编出来骗转发的鬼话。人生是旅途没错，可是旅途的终点更重要，房子、车子、票子等物质也重要。

可是现在的你着急焦躁又能有什么用呢？每天怀疑自己，质疑人生，郁郁寡欢、闷闷不乐、憋出一身病又能怎样呢？你要清楚，物质是客观存在的，是不以人的意志为转移的，所以你着急你不爽你焦躁你感叹老天瞎眼命运不公，可你又能怎样？

别那么着急焦躁迷茫困惑了，好好享受生活的每一刻吧，去跟喜欢的人一起做喜欢的事，去听好听的音乐、看好看的电影，把将来的房子、车子和票子先抛在脑后，脚踏实地地过好现在的生活更重要，付出一定有回报。

虽然物质很重要，但更重要的是自己有一个平和的心态和一个健康硬朗的身体。

希望这些话能给跟我一样毕业了几年还是一无所有的人一点帮助（哪怕只是心理上的安慰），如果你还没有毕业，也希望能给你一点启示。

以后的事谁知道呢？我只知道，你今年过得比去年稍微好一点，今年比去年赚得多了一点，今年比去年认识了更好的人、去了更多的地方、听了更好听的音乐、做了更多更有意义和更有趣的事情，那就行了。日子一点一点地慢慢过，一切都会有的。努力工作，努力生活，祝你我都能好运。

花花世界，浩瀚宇宙，往后的路还长着呢，未来什么事都有可能发生。乐乐呵呵、健健康康地好好活着吧，该吃吃，该睡睡，开心就笑，难过就哭，不爽了就说几句脏话发泄一下。

年轻多好，同呼吸，共命运，爱你们和这个世界。

生活不止眼前的苟且，还有远方的苟且

我的朋友圈被高晓松和许巍合作的那首《生活不止眼前的苟且》刷屏了，有人发状态说："下班回到家一听到这首歌的歌词，就忍不住泪流满面，洗涤了一整天的疲惫。"还有人说："一遍一遍重复着副歌部分，就像一剂强大的精神针一样，在这漆黑静谧的夜晚，给我注入一股一股力量。"

我不懂，为什么一首商业歌曲竟能有如此大的精神魔力？

多年来，高晓松的"人生不止眼前的苟且，还有诗和远方"被豆瓣文青、微博的段子手和微信营销号各种消费，无数无病呻吟的文青们，因为这句话天天想着诗和远方，以此慰藉自己的空虚寂寞冷，消化当前生活的不如意，无数次地在漆黑静谧的夜晚自我麻醉，幻想放下手头的烂摊子和糟糕的一切去远方的田野升华人生、洗涤心灵、净化一切。

可是，你真以为听了一首《生活不止眼前的苟且》和看了几篇"你所谓的稳定，就是在浪费生命"这样的文章就升华人生、洗涤心灵、净化一切了吗？

竟然真的有人天真地幻想跟作者一样辞了工作到处流浪，全世界溜达……大哥，说这种话的人他们一个月赚多少钱你知道吗？

有些人还幻想着穷游，在网上看几篇"1000块钱搭车走遍中国"

一类的旅行攻略就打算辞职罢工，幻想风餐露宿沿途搭车，靠着所剩无几的存款和一张厚脸皮来走遍全世界。

你知道在大西北荒无人烟的山区里手机没信号，在连续几小时都无人经过的国道搭陌生人的车是在作一种怎样的大死吗？

海拔高，昼夜温差大，我坐在车里开着暖风都冻得跟个神经病似的，你还风餐露宿？

每年失踪的徒步旅行者多了去了，要麻烦救援队和警察叔叔，还有你那提心吊胆害怕白发人送黑发人的父母长辈。

那些能够活着回来给你写“1000块钱搭车走遍中国”旅行攻略的人都是运气好，在他们侥幸活命的背后，不知有多少运气不好的穷游者被扔在了荒山野岭。

前两天，竟然还有公众号号召人们丢下手头的工作徒步去西藏朝圣，洗涤心灵……

不管你混得成功不成功，首先你要知道人活在世上的一条真理：永远不要主动给别人添麻烦。

在我看来，在朋友圈不负责任地转心灵鸡汤，跟造谣传谣、不转不是中国人、不顶你就死全家、有孝心的请转发不爱父母就不用转了、转走后你名字会多一颗红心、白岩松说了你买的日本货都是在给日本人造导弹、日本人说了中国人是垃圾不团结、如果在两周内把这个消息发遍100个群腾讯就会给你一个金牌会员……真的没有本质上的区别，因为他们都是在煽动人做傻事。

在当今的商业社会，所有这一切的励志鸡汤，都是在为商业服务，它的本质就是一桩桩生意。高晓松的这首歌就是为了他的那句“生活不止眼前的苟且，还有诗和远方”服务的，这是为他担任CEO

职务的阿里音乐所做的一桩营销生意，还拉上近些年闹歌荒的许巍（当然许巍的浪人形象比较贴合文青的口味）。这是他的工作，是他的业绩，是他的KPI。

说白了，你可以被这首歌的旋律感动，但千万不能被这首歌麻痹。我不是非要当你的人生导师讲什么深刻的哲理，只是提醒你，心灵鸡汤拯救不了任何人。振奋人心的文字和打了鸡血的语句只为骗你的转发和关注，对于公众号的运营者和粉丝百万的营销号来说，这仅仅是一笔生意。

至于你信了这些鸡汤之后的死活，关他们何事？

更何况，那些被《生活不止眼前的苟且》感动的文青，当年你们在听朴树的《平凡之路》时，不也同样被感动得说还是生活的小幸福更让你们觉得踏实和有存在感吗？

别嫌我话糙理也糙，生活就是这样的糙于平凡。至于诗歌歌剧巴黎时装周，朋友圈里各种和名人的聊天记录、明星合照、每天头等舱满世界飞……那些都不是你我平凡到跟小虾米一样的芸芸众生的生活，那些高大上的生活跟你我很难有真正的交集。

不要拿你的人生跟他人的去做比较。

可谁都不知道王思聪为了投一个这么好的胎，上辈子都受了什么磨难。

你一定要明白，你我就是普通的上班族，早上上班晚上下班偶尔还要熬夜加个班，月初交房租月末等工资，柴米油盐酱醋茶，不能像高晓松说的不要买房快去旅行吧，没钱就读诗，诗就是你的远方。

高晓松是名门之后，家境富足，住清华的二层小楼，长辈曾与梁思成、林徽因为邻。你问问他住过潮湿阴冷分不清昼夜的地下室吗？

他现在需要跟你一样为了买个手机省吃俭用存上半年的钱吗？

你一定要知道，高晓松坐着说一分钟赚的钱可能都比你这辈子赚的钱还要多得多。他可以什么都不要，他可以大谈诗和远方，因为他知道他什么都少不了——他饿不着，更死不了。

但——你——不——能。

我也喜欢高晓松的学贯古今、能言善辩和自拍的可爱，但他说——生活就是诗和远方，能走多远走多远，走不远，一分钱没有，那么就读诗，诗就是你坐在这儿，它就是远方——这样的话你千万别信。

我觉得吧，如果你真的一分钱没有，那就赶紧去工作，千万别傻兮兮地瞎坐在那儿读诗。

诗能让你感觉不到肚子饿吗？

作为一个受过九年义务教育的心智成熟的成年人，你不分青红皂白地把他的话一股脑儿地照单全收……请问你的脑袋是被早高峰的北京地铁的车门挤坏了吗？

你一定要清楚，你我的生活就是眼前的苟且和以后的苟且。

我没有劝你甘于平庸，但你一定要清楚，路是自己走的，谁的梦想都不是随随便便就能实现的；你一定要清楚，伟大的理想和远大的抱负就像内裤，要有，但不能逢人就去证明你有。

我相信诗可以给你希望，但是人不能只靠着虚无缥缈的希望和看不见的未来活着，脚踏实地地工作赚钱才算是不辜负一首好诗、一首好歌曾经在潮湿阴冷的地下室里给你带来的激励。

而且还有一件很重要的事你一定得清楚：

如果你搞不定你眼前的苟且，你也绝对不可能搞得定你以后的苟且。过不好今天的人怎么可能过得好明天？就算你去了很远的地方，也只是换一个地儿继续苟且罢了。

人脉或许重要，能力更加可贵

1

逼哥是一位社交达人，他在我们的朋友圈里简直是外交家般的存在。

他广交朋友，三教九流，各色人等：微博大V、段子手、写书的、做编辑的、干投行的、造火箭的、开飞机的、卖游艇的、搞科研的、搞金融的、搞房地产的、当明星经纪人的，甚至修锅碗瓢盆的……总之就是文学出版演艺圈、厨师模特新东方、金融禅修高尔夫、相声摄影钢管舞，三百六十五行哪个行业哪个层级，都有逼哥所谓的“真朋友”。

每当聚餐吃饭的时候，他都会打开手机刷朋友圈，让我们看这个是谁那个是谁。我说：“不认识。”他说：“哎呀，这你怎么都不认识呢，亏你还是混互联网的，这是当红的微博大V啊，这两天他的段子在微博上都刷爆了。”然后我就很配合地说：“哦哦哦你说他呀，原来长这个样子。”并表情浮夸地说，“逼哥，你好厉害，连这个人都认识！”

逼哥很满意我的配合，说：“那可不，昨儿我们还在一块喝酒呢。”

我更加惊讶地说：“逼哥，你刚不还说你昨儿跟黄晓明的经纪人在一块喝酒吗？”逼哥赶忙解释说：“怪我没跟你说清楚，昨儿我们仨在一块儿呢，黄晓明的经纪人拜托我找那哥们儿帮黄晓明跟Angelababy编几个微博段子，给他们的新一季综艺节目造造势。”

然后逼哥话锋一转，又指着一个说：“这个你认识不？”

我一看头像，照片里这人西装革履，头梳得锃光瓦亮，我说：“您这朋友一看就是金融精英嘛，我一平民老百姓哪可能认识。”逼哥又很满意我土鳖一样的表现，说：“那这人你得认识认识，这可是鼎鼎有名的IDG的投资经理，名头很大的，你们公司最近不是正在找融资嘛，回头我们出来吃饭的时候叫上你，带你也熟络熟络金融圈，以后发达了别说我没提携你啊。”

我赶忙很配合地点头哈腰地谢谢逼哥。

某日，我一做硬件产品的哥们儿的公司有几个新品要发布，打算找点资源配合他做点线上的口碑营销。我说，你这事得找逼哥啊，他资源广，人脉多，光微博大V就认识小一个团的人，找他准没错。于是他就拜托逼哥帮帮忙，联系一下那天给我们炫耀的微博大V，看看能不能帮忙在微博上给他的产品发几篇软文，钱好说，事儿办得漂亮就行。逼哥豪爽地满口答应说：“没问题，就凭你逼哥的人脉，这不小菜一碟嘛，你就瞧好吧。”

然后那哥们儿等了两个多星期也没等到逼哥的信儿，就小心翼翼地致电逼哥。逼哥说：“你不要着急嘛，人家大V这两天正在美国蜜月旅行，咱不能耽误人家事。另外几个大V档期都满了，你也知道自媒体现在火得不要不要的，得预约。但逼哥办事你放心，我再帮你留意留意，肯定物美价廉地帮你办成，你也再等等啊再等等。”

半年以后，我们哥儿几个吃饭，我忽然想起他的生意，就问他：“你那次托逼哥找大V做自媒体推广的事最后怎样了。”

朋友气呼呼地说："你不说还罢了，说起我就来气，逼哥就纯吹牛，什么大V、段子手，什么粉丝百万的自媒体，他弄了两三个月都没给我弄下来，最后他见我催得不耐烦了，就磨磨叽叽地给我一报价，你不知道，那可是天文数字啊！就这还吹嘘说段子质量赛过功夫小熊猫，粉丝数目过百万，完全就不是一码事，我后来搞清楚了，那根本就是一营销号，在一广告公司手上，手里还握着几个微博号，看着粉丝数挺多，都是僵尸粉，活跃度很低。"

我疑惑地问："那逼哥所谓的大V呢？"

朋友说："哪有什么大V，我后来按着逼哥给的联系方式查了一下，才知道逼哥认识的那家伙就是那广告公司的业务员，报价都是见人下菜，根本就做不了主。后来我在猪八戒网上找了另外一个做自媒体推广的，200块钱一条成交，发了十条，人还附送了我两条。"

这时，另外一个朋友说："你们还记得吗，逼哥说他认识一个曾经跟刘诗诗一块儿演《步步惊心》的群演朋友，对对对，就他朋友圈封面上的那个女孩，恰巧我女朋友是刘诗诗的粉丝，我就托逼哥帮我管他那女孩要几张刘诗诗的签名照。后来，逼哥说他那个群演朋友面儿特大，直接找刘诗诗本人签了一本珍藏版的写真集给我。后来我发现，那不是他朋友送的，那签名写真其实是逼哥自己上淘宝买的——他都没仔细看，那本子里面夹着卖家写的'好评返现5块钱'的小字条……看样子还挺贵的。"

我们面面相觑，异口同声地感叹逼哥为了维护他的脸面和人脉真是煞费苦心，有我们这帮不省心的狐朋狗友也真是委屈逼哥了。

2

联想起前段日子，有个人忽然在微信上加我，说是我一个"关系非常好”的朋友介绍来的，希望我配合他网店的业务做个爆款。他说那个朋友说我是电子商务大拿、某B2C网站高管，跟他关系很熟，没有我搞不定的事。

经过再三确认他口中的这位神通广大无所不能的“电子商务大拿、某B2C网站高管”真的是我之后，我先是婉拒了他的要求，然后问他那位朋友到底是谁，后来那家伙告诉我一名字叫“胡××”，我绞尽脑汁苦思冥想琢磨半天都没想明白他说的这位跟我“关系非常好”的胡××到底是哪路好汉。

后来某一天，我在我朋友圈的黑名单里找到了答案，原来这位胡××是我在一次朋友公司的发布会上认识的。他得知我干过电商就主动加我微信说“希望互相交流”，我碍于情面就加了他，后来我见这家伙天天在朋友圈里发韩国化妆品代购和荧光面膜，我就把他拉黑了。

我就纳了闷儿了，我不干这行业很久了，而且上班时我就是一小程序员，那天发布会也只是临时帮同事改改PPT而已，咋就成他口中的“电子商务大拿、某B2C网站高管”了？

原来现在认识我这种普通人都能成为某些人大谈特谈的资本了。我忽然想到一个事：逼哥在别人眼里，是不是也是跟我看“胡××”一样可笑？

3

逼哥之所以如此在意人脉，是因为他的职业。他是做销售的，他跟市面上所有做销售、做市场、做中介、做推广、做微商、做客户关系的人一样，坚信人脉至上论，他们的口头禅就是“积累的人脉是自己最大的财富”。

平心而论，逼哥的这些人脉多少也给他了一点帮助，而且也因为他比较会来事，所以他也算做得风生水起。

但是逼哥前两天找我，问我能不能找点渠道帮他销一批货。我一细打听，那批货竟然价值七位数。我吓一跳，说："逼哥你这又是做什么跨国买卖了，挺下血本啊，玩得这么大。"

逼哥说："别提了，想起来就气愤。"

原来，逼哥在一次聚会中认识一个做采购的，一样会来事讲人脉，而且恰好干的是他的下游渠道，能帮他销货。俩人一拍即合，就合伙做私单。逼哥按大宗贸易的内部价给他供货，他去找门路销货，货品售完后逼哥还给他分成。逼哥很珍惜这个资源，俩人便互称知己，天天混在一起喝酒唱歌购物，都是逼哥埋单。

前阵子逼哥的公司领导发现了逼哥的小生意，就把他开除了。逼哥想此处不留爷爷我开个小卖部，就自己单干了。这次他又按老样子多进了一批货想让那采购帮忙代销，结果这孙子一听逼哥离职了，拿不到内部价，更没有分成，还差点儿跟原老板闹上法庭，就推三阻四找各种借口拒绝逼哥，导致这次货销不出去。最后那家伙还把逼哥给拉黑了！

逼哥越说越气愤，说："见我已经没有利用价值，怕我给他惹麻烦，就把我一脚踢开了！我花了多少钱和精力苦苦经营人际关系，我以为我对别人好，人家也就会对我好，没想到这家伙是个白眼狼！"

我在心里偷偷地白了逼哥一眼，心想你跟他混在一起，目的明确，就是为了互相利用对方赚钱。五十步笑百步，你俩到底谁真心对待过谁啊。

我说："逼哥，你这生意做得太大了，我这小门小户的帮不上什么忙，小弟真是爱莫能助。"

逼哥看了我一眼，叹了口气，说："那算了，我先走了，昨儿我又认识一天喵的高管，我下午忽悠忽悠他去。”

我看着逼哥离去的背影，顿时思绪万千。

4

像逼哥这样的人很多，终日醉心于各种社交活动，结识各种名流，忙着拓宽人脉……可你说人脉重要吗？人脉当然很重要。拿我来说，我本身就是一个写代码的，整天跟“产品狗”打交道，后来因为出版人要做个网站就跟他们熟络了起来。某天跟大家在饭局上聊天，忽然他说要不你也来写点故事吧，所以我现在才能在这里跟你们讲段子。

人脉虽然重要，可更重要的是你一定要对对方有价值，如果我没有故事只会写流水账，他们也不可能冒着掉粉的风险，一而再、再而三地让我写字混稿费吧？

对某些人来说，人脉是炫耀的资本，今天我又认识了谁谁谁，我的微信里面有谁谁谁——哪怕我们加完后根本一句话都没有讲过。

可是这种炫耀在外人看来没有一点意义，与其对别人炫耀说你认识了谁谁谁，不如让别人炫耀说他今天认识了你，这才更值得自己去骄傲吧？

说白了，大家都很忙，我就算认识了李开复，炫耀说我跟他合过影又能怎样？我公司缺钱的时候，他会因为我们俩共同出现在一个镜头里就慷慨解囊吗？不会吧？他肯定早把我忘了。

因为每天跟他合影的人不计其数，我算哪根葱啊？

我还跟郭德纲聊过五分钟呢，德云社二十周年大庆也没见他邀请我去啊！

想拥有真正靠得住的人脉，取决于你能有多少跟别人交换的资源，当你没有资源可跟人交换的时候，仅仅凭着一张脸皮，能从对方那里得到多少好处？

尤其是互联网时代，社交变得越来越容易，我的微信每天都有新人加进来，可是我凭什么要记得你是谁？我作为你的人脉，又凭什么一定要给你带来好处？就算我跟你交换过名片、互加过微信、在酒桌上推杯换盏，那也不一定是真人脉，你没有真本事，我凭什么要记住你？

这世界上嘴跟抹了蜜一样的人多了去了，就你比人家口才好吗？

真正的人脉取决于你自己的能力，你真正可以动用的资源和本身所拥有的职业技能决定了你在人际交往中的价值。如果你对别人没有用，那么你所谓的人脉不过是一堆谁也记不住的名片和微信里一个个几百年没聊过一句话的头像而已。

要知道，人脉或许重要，但能力更加可贵。

我为什么如此坚决地反穷游

同事的妹妹离校出走了，没有任何征兆，学校当晚查寝没有见到人，第二天又发现她没来上课，只好通知家长。家长问遍了亲朋好友，无果后迅速地报了警。最后，她的父亲在一个高速服务区的宾馆房间里，找到了高烧到昏迷、差点儿被人猥亵的女儿。

原来，那位同事的妹妹是看了某个知名微信公众号发的一篇文章，讲述了某微博红人无国界穷游的故事。我也看过那篇文章，里面充斥着“再不疯狂我们就老了”“不给青春留下遗憾”“用一场疯狂的穷游，告别即将逝去的青春”这类极富煽动性的句子。

碰巧，我前一阵跟几个做媒体的朋友聊天，刚好聊到那位微博红人的事，朋友们爆出的猛料令人咋舌。

事情的真相其实是一场富二代们打着“情怀”旗号的自我包装和品牌植入营销。他们沿途高额的开销和账目清单让每个看过的人瞠目结舌，随行的专业摄影师阵容之强大甚至令某些三四线明星们都汗颜——从头到尾根本就没有所谓的穷游，那就是一场计算精密的商业策划案，消费的就是这帮人云亦云、整天幻想着美好远方的人。

显然，我这位同事的傻妹妹就是受害者之一。

她去年中考成绩不理想，复读了一年成绩依然不理想，每天过得不开心，觉得生活无趣，于是受了文章的蛊惑，就想效仿他们“用脚丈量这个世界”“来一次说走就走的旅行”，计划用沿途搭车的方式到西藏——“向青春致敬”。

可惜天不遂人愿，她走到省道时忽然下大雨。这个笨丫头竟然连伞都没带，只好站在路边冒雨拦车，淋了半天雨后终于拦到一辆车。司机是个中年男人，上车之后就对她嘘寒问暖，顺便动手动脚，但这时的她身心俱疲并且开始发高烧。无奈，那个中年男人只好把她带到一个高速服务区，找了个宾馆，打算“帮她换一件干净的衣服”。

真是老天保佑啊，宾馆的服务员阿姨看出了端倪，觉得不太对劲（因为那中年男人甚至连她的名字都没记住），就趁中年男子出去买烟的工夫跟小姑娘聊了起来，得知她跟此人非亲非故，就要了她家里的联系方式，然后把女孩反锁在门内，并赶忙打了报警电话。

当时我那个同事的父亲正开车疯狂地在郊区张贴寻人启事，接到警察通知后迅速驱车赶去。等他们到时，中年男人得知有人多事报警，早已消失得无影无踪，而他那个傻妹妹已彻底昏迷在宾馆的床上。

同事现在想来还十分后怕地说，幸好家人来得早，否则后果不堪设想。

在那篇文章下，我看到一个女孩留言说，她特别憧憬这种穷游，觉得沿途搭车体验民风民俗特别酷——万一碰上个开保时捷的高富帅，那就更赚了。

我想不明白，这样一个女孩究竟是喝什么奶粉长大的，竟能长成如此的傻白甜？

这年头，很多人的价值观都出了问题，他们甚至从来不觉得不求上进有什么好丢人的，因为不努力的人生太舒适了。只凭着一双脚，再挂上各种莫须有的意义，高喊着“我要穷游”的口号，包裹着远离喧嚣升华人生的美好词汇，自鸣得意，沾沾自喜。

不客气地说，从某种意义上讲，这种穷游就是某些人试图获得自我认同的最后一条底裤。

可问题是，穷这件事，根本就没有什么了不起的吧？

不穷，才应该是值得骄傲的吧？

还是那句话，没钱就去赚钱，没事业就好好去工作。这年头，赚一份可以养活自己的工资有什么难的？在互联网的影响下，无数的新兴行业带来了无数的工作机会，我们公司楼下快递公司月薪8000都招不到人。有些人就眼高手低，干啥啥不行，吃啥啥没够，一事无成。别说走出去，他根本连自己当下的生活都没过明白，还好高骛远，终日幻想诗和远方，梦想一步登天。

真是应了网上那句话，你人虽然长得丑，但是想得美啊。

去年某个长假，我去一座南方小城找个多年未见的朋友。他说：“你来我这里也没什么好玩的。”我说：“不啊，我提前做了功课，在网上查了当地的山水景色。”两天后，他送我去车站时说：“我在这里生活了快三十年，这次咱俩去的这些地方我完全不知道。”

有些人，人云亦云地说只有满世界溜达才是人生的唯一正事，整天憧憬着别处的景色，可他甚至连自己家乡周边的美景都没有见识过。

旅行的本质是什么？

旅行的本质就是一种消费和享受——没有其他高深莫测的含义。

它不是灵丹妙药，医不了你的胸无大志和游手好闲，更治不好你的晚期懒癌，也不可能拯救你郁郁不得志的一事无成。

不管你去过哪里，见过世界上多美的风景，当你回到家时，一觉醒来依然要面对柴米油盐酱醋茶。

不过想来，其实我反而是最没有资格反对“穷游”的人，因为我的身边就有一个极其励志的例子，他是我的同事——樊蒙。

某天中午，我们一起在公司楼下的香河肉饼吃饭，他掰开一头蒜，边啃边说他决定辞职，推着他轮椅上的妈妈去云南西双版纳来一场说走就走的旅行。

我们都知道，他的妈妈小时候得了小儿麻痹症，下身瘫痪，在轮椅上坐了几十年，她最想去的地方是云南的西双版纳。

当时，我以为他被蒜熏傻了，没接他的话茬儿。

过完一个周末后，他竟然真的没有再来上班。

之后我就只能通过他的微博得知他的近况。他推着轮椅上的母亲，领着他家的狗，在结结实实地走了一百天后，终于走到了西双版纳。

从北京到西双版纳，7月11日到10月12日，三个月的时间，他推着他妈妈整整走了3359公里。

那一年，他被评为“感动中国网络年度人物”和“西双版纳形象大使”。

后来我问他：“你对这次穷游有什么心得？”

他说：“首先要强调，这绝对不是一次穷游，我本身是有开销计划的，并且做了尽量充足的准备，带了足够多的药品、帐篷以及换洗的衣服，但路上还是多多少少地发生了一些小意外。如果天气不好我们就住店，钱该花就花。我以前当过兵，所以体力不是问题，选择徒步只是希望让没怎么出过门的妈妈多看看沿途的风景。如果坚持不了了，我们随时可以坐车。”

顿了顿，他又说：“当然了，我们尽量不坐车。这倒不是为了给自己贴什么标签，而是不想给他人添麻烦，毕竟，这趟旅行，本身就只是我们母子二人的事。”

“还有，”他补充道，“最重要的一点是安全，我不想让妈妈受到一丁点儿的伤害，她是我最爱的人。”

我想，跟穷游婊们哭喊的旅行相比，这才是最好和最负责任的旅行。

你的老板蠢不蠢

1

我们公司招了一个设计师，资历不错，但也非常有性格。工作一段时间之后，他开始散播负能量，每天在办公室里感叹我们做的东西简直就是垃圾，这样的东西就没有做的意义，完全是在浪费生命。他觉得人生没有希望，每天备受折磨，于是就消极怠工。一时间，搞得同事也无心工作，跟他一起怀疑我们创业的意义……没办法，我们只好请他走了。

之后，在某次同行业的聚会上，一家友商的朋友跟我说完他们公司又做了几千万的业绩之后，忽然扭脸问我："你认不认识那个谁谁谁，听说是从你们公司出来的。"

我心里咯噔一下，心想他肯定没说我们好话，便皮笑肉不笑地接话说："嗯，他在我们公司做得挺好的，挺好的，后来因为大家性格不太合得来，给人补了一个月工资，请走了。"

友商说："可拉倒吧，他说你们做的东西就是垃圾，太烂了，老板又蠢，人家受不了，自己离职的。"

他边说边给我倒酒，末了问我："哎，哥们儿，你们到底做的是多烂的产品啊，把人家恶心成那样？"

我嘴上呵呵呵，心里暗骂：我做错什么了，你要这么骂我？

2

职场多年，我也曾经笑话过老板蠢，现在又被人骂作蠢。说到“如果老板是个笨蛋，要不要告诉他”这个问题，《奇葩说》曾经有一期专门探讨过，当时看到那期节目时，我就想到了我的第一任老板——马总。

马总是湖北人，三十多岁，个子不高，秃顶，脸大又圆，牙黄，眼神中总是透露着南方生意人的小精明。

我跟他是在一个创业项目的分享群认识的，当时我正谋划离开学校，一心想干出点什么事情。后来我琢磨着搞一个简单的素材站，类似现在的站酷，收集各种盗版素材放网上供人下载，然后引流量做广告卖积分赚钱。我连商业模式都想好了，希望有天能去纳斯达克敲钟。

当时马总想做一个物流信息检索的项目（现在想来有点类似罗计物流和菜鸟网络的结合），说是做好了可以提升快递效率。我不懂马总的生意，也不关心，一心扑在我的盗版素材下载站上，每天忙着收集和分类各种素材，然后做些网站的效果图，并在网上找各种程序员忽悠他们免费帮我写代码。

在我忽悠别人为我免费写代码的时候，马总就不断忽悠我免费给他做设计，同时每天给我科普他的盈利模式并给我谋划电子商务的未来。他批评我说：“你这年轻人啊就是目光短浅，做个素材站有什么意思，你知道未来的大趋势是什么吗？是电子商务，是B2C和C2C！”

有天我实在听烦了，说马总您那个目标太大，有点虚空、缥缈，还是我这个实际点，我这个项目逻辑简单、程序好做，回头我再找俩实习生兼职传盗版素材做SEO，不出一年流量就能上去，然后卖广告、卖积分，很快就有现金流进来，多好……那啥，您要是真不舍得给钱的话以后就别来找我做图了，这不耽误我发财敲钟的大事嘛。

这下马总终于晓得我不是那么好忽悠的人，便开价800块钱雇我为他工作，我当时都快穷疯了，一听说这家伙给钱，心里暗爽，但我还是矜持了一下，说："那啥，我人穷不能志短，去你那儿是可以，但咱得说好，你公司那几个程序员得让我用，做你的项目的同时也得搞搞我这个……"

马总想都没想，满心欢喜地一口答应。

于是我们就在他的家里办公——不算宽敞的两室一厅，马总跟他媳妇住一间，他的孩子住一间，而我和另外两个写 asp 的愣头青就在客厅里两张高低不一的饭桌拼起来的工作台上办公，有时候困了就在他孩子的房间挤一挤睡。

虽然是在家办公，但他也要求我们每天西装革履，上下班在纸上打卡，而且还有晨会，大清早的喊口号、打鸡血，什么天道酬勤、厚德载物，什么召之即来、来之能战、战无不胜，还有什么不吃饭不睡觉打起精神赚钞票之类的。

我觉得马总以前一定搞过传销、干过安利，要不我怎么能够容忍自己跟着他做这么神经病的事情。

每天除了让我们喊各种奇葩口号外，马总的另一大爱好就是模仿马云，邯郸学步地跟马云一样的穿着和做派，把他的各种传记背得滚瓜烂熟，甚至连马云打太极都要模仿。

他每天边打着太极拳边绕着茶几给我们开会，给我们讲马云的创业史，尤其是阿里巴巴创始十八罗汉的故事，讲他们多么忠心不二、舍生取义、不要薪水、目标坚定，个个都跟活雷锋一样，然后指着客厅里的我们说："好好跟着我干，将来你们也会成为我们××网的罗汉支柱，到时候飞黄腾达，跟我一起改变中国电子商务的命运，被记录在史册！"

他对马云的模仿和崇拜可谓如痴如狂，有时我甚至想问他这个马姓是不是也是他后改的。

虽然开始赚800块钱的工资了，但我心里还是放不下我的素材网站，毕竟马总曾经答应给我资源做，最重要的是我打心里压根儿就不相信他那一套。

要知道，那可是在2009年，中国电子商务还在起步阶段，只有两三成不到的网民有过网购经历，京东商城才刚完成第一笔融资（这也是金融危机爆发以来中国电子商务企业获得的第一笔融资），当时的人对电子商务的依赖度非常低，快递效率更是奇慢无比，我们那儿还是个三线小城市。那时的我更是穷光蛋一个，住在每月300块钱的筒子楼里，每天计算着应该吃5毛的干脆面还是1块的方便面（没错儿，那时候在我学校楼下1块钱还真能买到可以泡的方便面），连能绑网银的银行卡都没有，对电子商务更是一窍不通。

于是，我每天都在私下里跟那俩愣头青吐槽马总，说他异想天开、不切实际，三十多岁的人了整天做白日梦，又抱怨我们每天搞这些垃圾，浪费生命一点意义都没有。然后，我开始忽悠那两个程序员给我写代码，学着马总的方式给他们灌心灵鸡汤，让他们放下手头的需求给我做素材站的后台。

某天，马总发现了我的小算盘，把我叫到他的办公室谈心。所谓办公室其实就是他跟她老婆的卧室——被子散乱地铺着，空气中弥漫着一股胳肢窝的味道，床头还有一条马总没来得及洗的四角内裤，桌子上的抹布滴答滴答地往地上渗着水。马总穿着睡衣拖鞋抠了一把眼屎批评我上班不认真工作，还带坏他的员工，要罚我钱。

我一听要罚钱，当时就火了，说："咱俩当初明明说好做我那个素材站的，你非要做这个什么破物流信息网站，这都干了大半年，点击率还是个位数。咱这小破城市有几个人在网上购物，买个东西几百年都收不到货，你做什么快递查询。我前两天想上网买本《小时代》都买不着，还忽悠我们以后在网上买电视、买洗衣机，谁白痴啊去网上看两张图就掏钱买洗衣机，看不见摸不着，你卷着我的钱跑了咋办？！就算真发货了，你给我扛家里去啊？还网上点餐、订电影票，你自己连驾照都没有，还给人家司机做检索，狗教猫逮耗子，鸡放屁熏黄鼠狼，你糊涂了吧？"

别看马总平时学马云讲心灵鸡汤有一套，但我向来伶牙俐齿，天生一张贱嘴，他被我气得满脸通红，感觉他头顶上的几根秃毛都快要奓起来了。他捡起地上一只拖鞋指着我骂："你莫跟老子翻，搞不清白别乱讲，电子商务科系以后滴未来，你懂个伢滴摆摆！"

我连蒙带猜，心想肯定没说我好话，于是一怒之下格了我的硬盘卷了铺盖提溜着我那条刚用他家洗衣机洗完的秋裤走人。我记得那天是11月11号，光棍节的深秋冻得我两腿瑟瑟发抖……

后来我查资料才知道，那年是淘宝的第一个双十一。

几年后，我屡次创业未遂，失败的阴影跟北京的雾霾一样厚重而真实。但同时我又跟大多数人一样，在电子商务及移动互联网席卷而来的浪潮中享受着科技带来的巨大变化……我早已习惯了每天在上班间隙刷淘宝，一天不剁手就手痒，家里的吃穿日用都靠网络，小到牙签、卫生纸，大到电视、冰箱、洗衣机，一律网购。甚至连我爸都知道买东西要先去店里看货签，然后回家上网淘。

但我早已忘记了马总的宏图伟业。

3

某次春节，我在老家遇见了当时被我忽悠写代码的某个程序员，他早已转行在家里开了个小饭馆。酒过三巡后我们聊到马总，他说："你走之后马总又找了一个做设计的，做得真烂，再之后我们就转型只做后端技术了，没干两年我也走了。"

我说："我早知道他那破项目不靠谱了，那是痴人说梦。"

他说："不不不，他那事最后……真成了。"

原来，在我们走之后，马总又辗转了几年，围绕着物流信息相关的C端查询转型为B端提供数据，磕磕绊绊一路走来，竟然随着老百姓对电子商务的依赖和快递效率的提升奇迹般地发展了起来，又因为他们做得早，系统功能全面，现在市场业务的需求大得很。

传说前阵子某互联网巨头做智能物流骨干网的时候还特意高价认购了一部分他们的股票，就为了得到他们的大数据信息。

然后他给我看马总的微信，朋友圈里马总顶着终于寸草不生的大光头，戴着墨镜在碧海蓝天的南半球，躺在躺椅上晒日光浴，各种沙滩美女仙人掌，还有飞机和保时捷。我心里酸了一下，却稀里糊涂地拿着那哥们儿的手机……给他点了个赞。

这样的人……也能成功？

我又狠狠地灌了一口闷酒，搞不明白到底是他傻还是我傻了。

年轻气傲的我们总是认为自己比别人要精明，更博学多识，更高瞻远瞩。其实换个角度想想，大家所在的位置不一样，看到想到的也不一样。

如果时光倒流回1999年，当马云在杭州的家中跟人大谈他的电子商务梦想时，难道没有人笑他痴人说梦，说他是个骗子，甚至骂他是个神经病？

经常有朋友说，当初要是早一点加入某某公司就好了，没准儿现在年薪都几百万——但你确定当时的你有那个眼界，能认同当时那个穷得发抖可能连社保都交不齐的创业公司的生死未卜的破烂项目？

如果你觉得你老板也是个笨蛋，不妨多换几个角度想想是否因为自己的眼界和对他的偏见才得出如此的结论，而如果你深思熟虑之后更加确信他一定是个笨蛋的话……也请你一定克制，千万不要告诉他。

因为没准儿多年以后，你会发觉，你跟我一样，原来自己才是那个被当作笑话看的人。

PART 2

为了将来的你，珍惜现在的你

每次跌倒，都给你一往无前的力量

1

18岁那年，我到郑州上大学，在那所学校待了两三个月后，我就因为焦躁和傲慢，跟我的辅导员老师结下了梁子。她会时不时地叫我去她的办公室里，给她修电脑、装系统、做PPT、填Excel，再PS一下她的自拍照。之后，她会给我上一堂思想政治课，妄图教我一些做人的道理。

某天，学校组织学生们去外地写生，费用为一个人2000块，自愿报名，班里同学都乐得出去玩。而当时我利用课余时间在一家广告公司做兼职，很少上课，于是我就告诉她说我不去，并理所当然地没有交钱。

为了这事，她三番五次地喊我到她的办公室谈心，于是我只好强调说，我对这个所谓的以写生名义游山玩水的活动没有兴趣，而且还得花那么多钱。

她听完白了我一眼，说：“你这么穷还来上什么学啊，丢不丢人？”

我愣住了，看着办公室里满屋子的老师，只好愤怒地摔门而出。

后来我才知道她为何那么介意我的缺席，因为某班的班长告诉我说，每多去一个人，辅导员就能多拿200块钱的提成。

当他们从外地游山玩水载乐而归后，我的麻烦事就不断了。她隔三岔五地就会叫我到她办公室里聊天，以至于很长一段时间，我都怀疑我的这位老师是不是有斯德哥尔摩综合征……爱上了我？

矛盾的大爆发是在我的一次醉酒后。我借着酒意，在QQ空间里（别笑，谁没年轻过呢）写了篇文章，吐槽她试图跟我斗法的不自量力。

几天后，有好事的人把那篇文章转载到了学校的贴吧里，一下子我就成了学校的红人。大家都知道有一个文笔清奇的人写了一篇满是脏话、粗俗不堪的文章，向老师宣战。

于是，她又一次叫我去她办公室，不过这次不是让我给她修电脑、装系统、做PPT、填Excel、畅谈人生了，她哭着说："你这个没教养的家伙，滚出这个学校，这里有你没我。"

然后她就当着我的面给我爸打电话——还开了免提。

那个时候我因为逃课不上学的事情，跟家里的关系本就很僵，而她的一个电话，彻底成了我爸跟我翻脸的导火索。

我爸在电话那头一个劲儿地给老师赔礼道歉，屋里的其他老师捧着茶水，有滋有味地看着我们出洋相，我实在是听不下去了，于是扭头出了办公室，又一次地摔了那扇门，再没跨进那学校一步。

2

北漂之后的第二份还是第三份工作，我忘记了，总之是在一家小公司里做设计。某天，经一位同事介绍，认识了一个大哥。大哥是个小老板，自己有一家小广告公司。

熟络之后，那位大哥就经常邀请我去他的公司做客——尤其是每周六日。

所谓做客其实就是帮他干活，而他那广告公司其实就是个皮包公司，除了他一个老板和偶尔能见到一两面的几个销售外，根本没什么设计师。

我先是利用周六日帮他创建了一个简单的企业网站，后来又帮他做过几套海报，零散的设计项目更是数不胜数。

而他对我的回报就是请我吃晚饭，常去的就是他公司楼下的麻辣烫。他总是一边吃，一边教育我说："小郭，你应该感谢我给了你这么多练手的机会，像你们这样的年轻人，就应该多做点活，不要总想着眼前的这点蝇头小利，你通过这些项目所收获的经验才是你以后巨大的财富。"

他口味重，碗里加了好多蒜，他边说边朝我哈气，嘴里的蒜味儿熏得我头疼。

然后他会带我围着他的小区散步，边走边给我灌鸡汤，把我麻醉之后，他会继续带着我上楼加班。

从始至终，他从没有给过我一分钱。

某天，我在公司上班的时候，他忽然在QQ上叫我，让我临时帮他改一个海报。我脸皮薄，推脱不开，只好傻兮兮地应承下来。

我刚打开PS，就被我当时的老板发现了，然后老板花了一个小时的时间教训我，说我上班干私活没有职业道德，并以这个理由开除了我。

当天我就收拾东西走人了，那天是10号还是11号，我不太记得了，我就记得还有四五天就发工资了。

后来我才知道，当时我那个公司老板融资也困难，账面上不剩什么钱了，打算裁掉我正没有借口，我算是撞在枪口上了。

我自知理亏，也不敢厚着脸皮朝老板伸手要钱，更别提裁员的赔偿金了。

于是我想到了这位大哥，我给他打电话说："我被老板炒了，你那儿不是缺人吗？"

他在电话那头想了一会儿说："不然你先来我这儿待几天，待遇咱们回头说。"

那时候他接了一个项目，给某电信运营商设计定制SIM卡，他出创意我来执行。我加班加点地做了二三十个方案，他还挺满意的，不过一直没有跟我谈钱的事情。

一周之后，我顶着熬夜熬出来的深邃的黑眼圈问他说："您到底打算给我发多少钱呢，毕竟我过日子也得要钱。"

大哥迟疑了下，说："这样吧，你先回家，休息休息，等这个项目结了，我拿一半的钱给你。"

于是我满心欢喜地回了家，妥妥地睡了一个周末的好觉。

过完周末后，我给大哥打电话，问项目进展得怎么样了。

大哥在电话那头迟疑了一下，说："小郭啊，你先在家休息吧，这个方案出了点问题，甲方那边不满意这个设计稿，我正在想办法解决。这样，你在家好好休息，回头有准信儿了我再给你打电话。"

于是，自那之后的半年里，我就再也没接到过这位大哥的电话了。

后来的某天，我在建国门地铁站门口的报刊亭里看到了一摞电话卡，上面写着"某某电信联合某视频网站定制限量卡"，看起来很眼熟，我花10块钱买了一张，发现用的是我的设计方案，只不过色调变了。

我这才意识到我被这位大哥耍了，不过已经过了大半年，我也找到了新的工作，忙得跟狗一样，便懒得跟他掰扯，只当是又上了人生的一课。

3

2014年，我开始了我的第一次创业——跟几个朋友开了一家广告公司。刚开始还挺顺利，陆续接了几个小项目，某天，大哥在网上看到了我的动态，忽然给我打电话，说："小郭，好久不见了，看来你现在混得不错嘛。我看你现在接的好多项目都有我当年的影子。"

我说："那可不，这都得谢谢您当年对我的提点，真是上了痛彻心扉的一课啊。"

他好像没有听懂我话里的话，他说："我这次接了个大活，是某4A的转包，咱俩一块儿做吧。"

我说："行啊！"然后他就热情地在电话里跟我聊设计方案。聊了大概一个多小时后，我说："哥，这项目拿下来没问题，不过我这儿要先拿五成的预付。"

他在电话那头愣住了，说："你先做嘛，钱咱们好商量。"

我说："那不行，我这儿房租、水电、工资，都是开支，得先见钱，否则我肯定不干。"

然后我补充了一句："您呀，就别拿几年前的那一套忽悠我了。"

他没想到我会把话说得那么直接，然后他尴尬地说："好吧好吧。我考虑考虑。"然后就挂了电话。

这还不算完，一个月后大哥又给我打电话了，说："小郭啊，上次说的那个项目，我这找了几个实习生来做。但年轻人嘛，你也知道，没什么经验，我看你公司网站上有几个项目的风格还不错，你把源文件发我吧，我拿着这几个文件让他们改改。”

我握着手机一脸黑线，想到了我以前的遭遇，意识到这家伙这些年来一直靠剥削年轻人赚钱，然后我就在电话里狠狠地痛骂了他的祖宗十八代，并拉黑了他。

4

前阵子跟朋友一起吃饭，其间朋友说，某个同行一直在明目张胆地撬公司作者，还对他出言不逊，态度极其嚣张。他咬牙切齿，誓要跟这帮不识好歹的人斗争到底。

我实在是太了解他的感受了。这些年，我跟他一样，在社会上如滚钉板一样地摸爬滚打，吃过了各种亏：

帮别人借钱，钱到手后人消失无踪，竟然要我来补窟窿；几年前跟别人一起做生意，赚到钱后，被人以各种理由一脚踢开；给朋友介绍私活，出了岔子，半夜三点给我打电话骂我是白痴；帮朋友公司报税开发票，手抖填错了一张票，竟然要我立马打车去税务局作废；给客户干活，交工后，客户利用合同漏洞拒付尾款；请同行喝酒，然后被同行撬走了员工还带走了项目……

只有当你真正经历过伤痛，你才能体会世态的炎凉。

而这个时候，如果有人让我谈对他们的宽恕和谅解……

凭什么？

有人在知乎上提了个问题，大意是说——敌国向你的国家发射了枚核弹，还有一分钟就炸了，这枚核弹能炸平你的国家，而你是一个国家的总统，你也可以发射核弹，你的这枚核弹也可以炸平敌国。问题是，就算你发射了核弹，你也救不了你的人民，两个国家的人民会同归于尽。可是如果你不发射核弹，敌国的老百姓还能存活。这枚核弹，你射，还是不射？

如果是以前十八九岁刚步入社会的我，可能会选择不射，做一个虚伪窝囊的傻白甜，带着我的臣民们一起当炮灰。但是，经过这么多年在社会上的历练，我清楚这个社会的险恶和无情，所以今天的我，哪怕同归于尽，也得让你看看我的骨气。

5

你每一次被人侮辱、背叛、欺骗、愚弄的原因是什么？

当然是你不够强大。

当你跟他没有对等的话语权的时候，你只能被他愚弄，并且抛弃。

这是一个残酷的社会，你的每一次成长，都是踩着别人的脑壳、一步一个脚印地蹒跚前行。

向前看、朝前走没错，但你得清楚，每一次艰难前行的背后，都包含着别人曾经对你的愚弄、嘲笑、鄙夷、欺骗……

而正是这些刻骨铭心的记忆在推着你前行。

你只有多多经历现实的功利和无情，并从每一次跌倒中汲取经验，铭记仇恨的力量，你才能越走越远，并一往无前。

将来的你，真的会感谢现在透支生命的自己吗

1

老孙是我领导，虽然他只大我两岁，但已混到了技术总监一职，统领十人左右的小团队，我是他当之无愧的小弟。

老孙刚来北京那会儿是在饭店做服务员，之后到理发店干过学徒，甚至还送过一阵子快递，后来被人忽悠，报了个教网站开发的培训班，阴差阳错地走上了码农之路。

虽是半路出家，但勤能补拙，老孙每天都跟打了鸡血一样工作，经常带头无薪加班，深得老板喜欢。

尤其升职总监之后，老孙更加玩命，甚至直接买了张行军床，平时干脆住在了公司。

那晚，我俩在公司通宵加班，写代码到半夜两点，他又回忆起他的奋斗史。他点了根烟，抽了一口，问我："小郭，你说咱们每天这么玩命地干活是为了啥？"

我说："我不知道，领导，我困，我想回家睡觉。"

他安抚我说："小郭，你别着急，这个点儿早没车了。你呀，要想在北京混出点名堂，就一定要吃得了苦。来，我这还有个私活，差不多小一万，回头咱俩开个会碰一碰，钱五五分账，你不亏。"

我说：“我不，钱再多我也干不动了，我要休息，我要下班。”

他没搭理我的抱怨，边抽烟边看着深夜东三环依然车水马龙的街道，若有所思地感叹道：“你说啥时候咱也能开着自己的车，奔驰在东三环的夜路上呢？”

想着想着，他掐掉烟头，脱口而出一句鸡汤：“嗯，会有那一天的，因为将来的你，一定会感谢现在拼命的自己。”

刚说完这句话，啪的一声，他就晕倒了。

一个多小时后，救护车姗姗而来，医生穿着白大褂把老孙抬进后车厢，我看着挺尸一样的他，感慨说没想到他这么快就得偿所愿——老孙终于能奔驰在东三环灯火阑珊的夜路上了——虽然是躺在救护车里。

老孙没死，但也命悬一线。他忽然晕倒的诱因是冠心病而导致的脑供血严重不足。医生叮嘱说，冠心病是很可怕的心脑血管疾病，严重时会引起心律失常，临床表现为突然死亡，也就是我们常说的猝死。

老孙拿着化验单，不解地说：“这冠心病不是中老年人才得的病吗？可我今年才26岁啊。”

我们心照不宣地找到了病因——这就是疯狂透支身体的下场。三年前公司体检，老孙就已经查出了“三高”，医生让他戒烟、戒酒，多注意休息，多运动少熬夜，但他都只当耳旁风，依然玩命工作，通宵加班，疯狂抽烟，有饭就吃，没饭就硬撑，生活作息极其不规律。

而冠心病就是“三高”的并发症。

于是他赶忙拿手机上网搜索：冠心病还能活几年？

有说五年的，有说十年的，也有说搞不好晚上睡下明早就醒不来了。

吓得他当时就扔掉了手机。

为了活命，他辞掉了月薪30000的工作，安心在家休养。

大半年后，我去他家慰问，看着他消瘦到只剩皮包骨头的身体，很难过。我说："你现在骨瘦如柴的，哪里还有以前大腹便便的领导模样。"

老孙苦笑了一下，给我看了他的晚餐——一碗清汤面。

那真的是一碗极其清淡的面——开水煮面，漂两片青菜叶子。

我拿筷子夹了两根面条，尝了下，味同嚼蜡，我问他说："你每天就吃这个？"

老孙说："是啊，一日三餐都只吃这个，我都吃了大半年了。"

"天天吃这玩意儿不会恶心吗？"我说。

"再恶心，也是为了活着。"老孙说。

2

没多久我也离职了，跟朋友创业，做电子商务的技术支持。

入秋的时候，我们终于接了个大项目，负责某企业的"双十一"大促。就在项目上线前的半个月，客户忽然全盘推翻了之前的方案，重构的工作量相当于彻底改版。

我不干，摔桌子跟合伙人翻脸，指着一起加班赶工的同事说，这帮写代码的家伙也是人，我们不能为了满足甲方的需求而让他们无止境地加班。

可是在生存的压力下，大家又只好乖乖地加班改方案，"双十一"那个月我们每天最多只睡三个小时，后来我们甚至连觉都不敢睡了，看着全网的淘宝预热更是心急如焚，全凭着"董存瑞炸碉堡"

般的毅力写代码。

交工那天，我向甲方的运营介绍功能时，身体都在不受控制地抽搐和抖动，脑袋一片空白，说了什么我自己都不知道。之后我迷迷糊糊地坐早班地铁回家，一上车，直接瘫倒在座位上，直到终点站时才被乘务员叫醒。

醒来后，我尝试着从椅子上爬起来，但死活一点力气都使不出来，最终我竟然像个老头儿一样被乘务员搀扶着步履蹒跚地走出了地铁站。

出了地铁站，我抱着我的电脑包，困得睁不开眼，一屁股坐在地上。我旁边是上班族排的冗长的队，他们像看傻瓜一样对我指指点点，但我无心理会他们的嘲讽，浑身无力，动弹不得，感觉如果再加几个小时的班，我可能真的就会死在当场。

后来，那个项目虽然勉强上线，但我们的创业公司依然垮了。

3

我跟老孙没有死，但我的另一个哥们儿就没有这么好的运气了。为尊重死者，我不想提他的名字，只说他是在某个4A公司里带项目。

我跟他说的最后一句话是在微信上，他留言问我如何解决一个浏览器兼容的问题，在那之前他已经连续三周没回家了，而我那时琐事缠身，完全没心思搭理他。

等我忙完了想跟他聊一聊人生和理想时，却发现他已永远不可能给我回复了。

他的朋友圈动态最后一条写的是：做完这个项目，就能跟女朋友出去玩了。

这臭不要脸的家伙还放了一张自拍，苍白的脸上有两个硕大的黑眼圈，像索命的黑白无常。

在广告公司，加班是稀松平常的事，他经常通宵加班，然后在会议室里盖个毯子，睡上两三小时凑合一下，直到早上销售部开晨会时把他叫醒。

不过，那天销售部没有用会议室，所以直到当晚8点公司保洁收拾屋子时，才发现他毫无血色地躺在沙发上，身体早已僵硬。

几天后出来的死亡证明书显示，他符合猝死的全部特征。

后来，那家公司象征性地赔了15万的丧葬费，但他的父母认为这点钱远远不够买儿子的一条命，于是他们就“加班猝死到底应不应该算工伤”这一点跟公司打了快一年的官司。最后法院认定此事属于工伤，判决公司赔偿丧葬补助金、供养亲属抚恤金、死亡赔偿金等，共计50万人民币。

嗯，没错儿，一条鲜活的生命就值50万。

更可笑的是，宣判的那天刚好是他的29岁生日——如果他还活着的话。

4

我相信你一定看过很多毒鸡汤和名人传记，告诉你作者的身边有一个朋友，他虽然出身卑微，但足够努力和玩命——

他每天只睡两个小时，白天在外面奔波工作，晚上不吃不喝加班到深夜，周六日干好几份兼职赚钱，一、三、五去夜校学英语，二、四、六参加形体训练班，时不时地还要参加公益活动献血献爱心，日子过得极其充实而满足。跟人家一比，我们碌碌无为，坐吃等死，浪费生命，失败得简直像个人渣。

经过几年诸如此类的努力，这位朋友终于成功地逆袭——出国移民，成了一位鼎鼎有名的社会精英。

最后，作者总结说：“只要你知道自己去哪里，并为此坚持不懈地玩命努力，那么全世界都为你让路。”

这些人凭着臆想的情节和漏洞百出的故事给你打鸡血，煽动你去犯傻，试图让你相信，你不是一个普通人，你拥有一副超越常人的躯壳，可以无限透支生命和体力，只要不吃不喝不睡不休息地玩着命去干，早晚有一天可以成为文中那样光彩夺目的人上人。

说白了，写这种东西的人就是恨你不死。

别以为年轻就真的无坚不摧，看过三两篇鸡汤就妄想一切皆有可能，于是不计后果地透支身体，玩着命熬夜，终日把自己困在上满发条的紧张节奏里，从不休息，拒绝睡眠，抵制一切娱乐活动，甚至看不起那些在空余时间享受生活的人，觉得他们都不求上进，只有自己才是高高在上、货真价实的励志偶像，恨不得全年365天都在工作或学习……

在这个过度赞颂英雄和成就的年代，你我被太多无止境的欲望所裹挟，我们油然而生了总也做不完的工作和无止境的抱负：

再加加班这个项目就完工了，忙完这个活儿就能去旅游了，再赚点钱就能付首付了，钱再多一点就能换个更大的房子了，再多一点就能给孩子更好的教育环境了……再努力一点，再少睡一点，再玩命一点，再多一点钱……我还能熬一熬……

我们赚钱是为了体面地活着，可我们活着又是为了更加玩命地赚钱。

直到最后，在“再努力一点，再少睡一点，再多赚一点”的节奏中，我们试探着自己身体的底线，分不清到底是钱重要还是命重要。

我们渐渐忘记了，人生在世，有很多事情是你我穷尽一生也办不完的。

无论你再优秀，你终归只是个血肉之躯，哪怕你飞得再高，从天上掉下来，也一样要被摔成一摊烂泥。

5

至于未来的你会不会感谢今天拼命的自己，答案只有一个——

那要看未来的你混得好不好。

可是，谁给了你将来一定能出人头地的自信？

在这个复杂的社会里，能够影响成功的因素太多了，有时候成功需要卧薪尝胆、头破血流。但也有时候，成功只是四分努力、五分机遇，外加一分的贵人扶持。也可能你24小时连轴转，拼命试错，殚精竭虑，却始终找不到一个能够让你发财的答案，又或许你永远也等不到你理想中的天时地利人和。

不是所有不撞南墙不死心的努力都能开花结果，更不是所有的付出一定会有理想的回报——这残酷现实的一切并不是简单的一加一就绝对等于二。

你我的力量终究太小，能掌控的事情十分有限：大小城市的差异、高额的房价、微薄的薪水、挤破头的晋升、爱人的离去、冷眼的嘲笑、莫名的孤独，甚至无从选择的出身以及匆匆流逝的时间……这些都是你我拼了命都难以把控的事情。

无论你承不承认，这就是鲜血淋淋的现实。

我更不清楚我们究竟混到什么时候才能出人头地，甚至也没办法改变别人对我们的白眼和冷嘲热讽。那些你拼了老命想要成就的人和事，到头来可能依然只是竹篮打水一场空，变成别人眼里的笑话。而别人无心插柳柳成荫的好运气，也可能一辈子都不会属于你。

在这个世界上，年轻又缺少资本的我们，唯一能把控的，只有与生俱来的这副躯壳。

你需要的不是今天没头没脑不吃不喝地玩命，不是沉浸在心灵鸡汤里的自我麻痹，更不是终日对遥远未来的无限意淫。你需要的只是少想一点，多休息一点，脚踏实地地衡量好工作和生活节奏，仅此而已。

今天的你，只有不缺胳膊少腿活蹦乱跳地活着，才配谈论理想和将来。

如果你变成曾经最讨厌的那种人，别害怕

1

上周我跟着朋友去见一位很有名气的媒体人。那位媒体人很年轻，30出头，但听说很有威望，圈内人都管他叫大佬。朋友去见大佬是为了推销公司的剧本，想借着这两年如日中天的网剧势头拍个片子赚点小钱；而非要拽着我去是因为他听说那位大佬最近对互联网创业很感兴趣，让我去帮衬帮衬，增加点印象分。

我认识这位朋友很久了，印象里他一直是个含蓄内敛的人，我曾经一度认为他是当代难得的“有风骨的文人”，他以前经常说他最讨厌的就是溜须拍马、阿谀奉承、趋炎附势的小人了。

可令我大跌眼镜的是，我的这位“有风骨的文人”朋友一进到大佬的办公室就像变了个人似的，大拍马屁，说大佬的书写得好，文笔太棒了，犀利又励志，积极又感性，读罢之后“好像偷窥了一场流动的年华”，没看几篇就哭了，并表示对他即将发行的以书改编的同名电影非常期待，相信一定能大卖。

那位大佬对他的马屁很受用，说：“行，你回去吧，这个剧本我一定会很快给你答复。”

回去的路上我问朋友：“那位大佬到底写过什么书啊，这么感人，快告诉我，我也要读一读。”

那哥们儿说：“其实吧，那大佬写的书没什么营养，纯粹是仗着自己有资源，好好包装营销了一下，书根本就没法看。”

我用手机一搜书名，果真恶评如潮。我白了那哥们儿一眼，心想这书写得这么烂，你刚刚却把人吹得跟当代鲁迅一样，好意思吗？

2

后来我跟我的编辑聊天，聊到了这件事，编辑说这很正常，商业图书的作者分三种：

一种是有真本事的，文笔特别好，靠口碑推动市场，例如白先勇、王朔、蒋峰这样的；还有一种是文笔一般的，主要靠找市场定位、包装宣传推广，慢慢火起来的，例如×××和×××（为防引战，手动打码）；最后一种就是文笔很烂、怎么写都写不好的，只能靠包装，以“颜值”取胜。

我下意识地嘴贱问：“那我属于哪一种？”

编辑若有所思地笑不作声。

我说：“你别不吭声，我清楚，我是属于三棍子打不出个屁的那一种，我知道你不喜欢我写的东西，不过没关系，我就喜欢听人夸我长得好看。”

我从小就讨厌看励志故事和心灵鸡汤，觉得那些东西无用，可是万万没想到，我也变成了一个专心写心灵鸡汤的人了，说来很惭愧。

所以，我们究竟是从什么时候开始，渐渐变成了我们曾经最讨厌的那种人呢？

3

我想到了我的表哥。自打我记事起，他就是一位愤青，一直对社会的经济、政治、教育等制度怀有很大的不满情绪，幻想长大后改变这个社会的不公平。

印象里有一件事他做得非常厉害。

我们上学那会儿逢年过节是要给老师送礼“聊表情意、感恩师德”的，小节小送，大节大送，月饼、礼品、购物卡算是标配。老师也来者不拒，尤其是班主任，拿的礼最多，因为他直接决定了孩子在班里的座次和受“关怀”程度，而我的表哥是素来抵触甚至愤恨这种行为的。有次不知道什么原因，他的父亲在中秋的时候给他班主任送了一盒高档礼盒装的月饼，他得知后直接冲到校长办公室实名举报他的班主任受贿，而且谴责他父亲的这种行为“不光彩”，事情搞得特别轰动，他差点儿退学。

可前两天，他忽然打电话问我是不是有个高中同学在当语文老师，希望我帮忙引荐一下。他想把孩子送到师资力量更好的市第一小学里上学，可他家不在那个学区，所以想“走走路子花点钱”，让我问问我那位高中同学，看能不能帮帮忙。我说：“算了吧哥，她就是一临时带班的小学老师，没权没势的，能有啥关系，帮不上你的忙。”然后我就挂了电话。

结果第二天，我妈给我打电话说我表哥告状，说我没良心，连这点忙都不想帮，让我妈再给我做做工作，花点钱也行，毕竟孩子的教育是头等大事。

而我自己，因为曾经上过小公司的当，极度厌恶小公司的老板拿梦想忽悠人的下三烂行径；可是今天，我却为了“用更低的成本”招人，而给一些不谙世事的应届生许下各种天花乱坠的不靠谱的福利。

4

纪伯伦说，我们已经走得太远，以至于忘记了为什么出发。

小时候的我们以为世界很单纯，就像动画片里演的那样：长得好看的就是善良的主角，丑陋的就是早晚该死的大反派。

可是当我们慢慢长大之后，才真正晓得世界并不是像幼稚的我们想象的那样非黑即白，这个多姿多彩的社会充满了我们当初无从知晓的形形色色的压力和无奈，大多数人为了生存而夹在灰色空间里做着情非所愿的事。我们在成长和自立的过程中，渐渐地承担了更多的包袱和期望，在这个物欲横流的世界里，我们有了更多的欲望和索求，在一步一步地退让和妥协之后，逐渐放弃了当时的坚持。

可是，谁又能证明我们现在做的这一切就是错的呢？

回过头来看我们走过的布满荆棘、艰难坎坷、百转千回、崎岖不平的人生路，你会发现，这是一个让我们渐渐了解自己真正厌恶的是什么、喜欢的是什么、向往的是什么、追求的是什么的过程，这个过程很漫长、很复杂，甚至很憋屈，可是有一条金科玉律会让你变得舒服，那就是——永远不要让将来的自己讨厌现在的你。

无论世界怎样斗转星移，我都希望你能坚持曾经追求理想的那份热血和原则，勿忘初心。

希望有一天，我们都能变成，那个曾经最让我们羡慕嫉妒恨的人。

烟酒朋友可以锦上添花，但不能雪中送炭

1

刚上高中那会儿我抽了快一个学期的烟。之所以抽烟，一方面是为了跟新同学拉近距离，另一方面是为了扮酷。

那时候，每到课间十分钟时，各个班的闲人们都会不约而同地去厕所集合，拿出一包廉价烟，到处分，认识的不认识的都来一根，一边抽一边吹牛，脏兮兮的厕所里烟雾缭绕，好像一个社交派对，特别有范儿。不过我压根儿就不会抽，邯郸学步，瞎抽，模仿别人怎么吸进去然后怎么吐出来，吸两三口就在手里掐着，等它烧完。好在厕所烟民众多，也没人在乎我是不是滥竽充数。

瞎抽了没两个月吧，我就跟烟民们打成一片了。某天中午放学，跟一个同学一起出校门，他又递给我一根烟，点上，嗯，真转。没走两步，我被人叫住，扭头一看，嗬，我小姨夫，当时心里咯噔一下，有种被捉奸在床的感觉。他笑嘻嘻地看了一下我手里的烟，认真地问我会抽吗，我猛摇头，说不会不会，今天第一次！然后狠狠地把烟踩灭，保证没有下次，并再三恳求他放我一马，不要去我爸那儿告状，否则我一定会死得很难看。

他真的没有告状，我逃过一劫。某天家里没人，我下楼买了一包红旗渠，拿出一根点上，猛抽了一大口，咳嗽个不停。我看着那根

烟，思索良久，觉得自己没有抽烟的天赋，就此作罢。

几年后，当初我们班不抽烟的人现在几乎都成了资深烟民，除了我以外的人都是烟场老手。上次跟我一个老同学去某事业单位谈点事，领导递根烟给我们，我连忙推脱说不会。旁边的老同学弯腰鞠躬双手接过，并从兜里掏出火机，虔诚地给各位领导点上。领导满意地吞云吐雾，大夸我们年轻人会办事，让我很是惭愧。

2

虽然不擅抽烟，但酒我还是能喝一点的。人都说喝酒是男人最有效的社交，我倒不完全赞同。大多人在推杯换盏时什么话都说得出来，就差跟你歃血为盟磕头结拜了，但酒醒之后，可能就把你忘干净了。

我大学时有一堆酒肉朋友。那时候我在校外租房子住。某天，我的大学班长带着几个现在已经记不太清名字的同学来我们租的房子里聚会，有男有女，里面还有个哥们儿是学生会主席。主席跟班长大人牵头搬了好几件啤酒，把我们租的房子搞成了天上人间。

我当时还太嫩，不熟悉酒桌上的规矩。主席大人一边喝酒一边夹菜，一边还不忘给我们上课，讲了好多泡妞的方法，以及如何拍辅导员的马屁。我听得一愣一愣的，然后班长不时地提醒我快给主席大人敬个酒。当时我跟学校的关系闹得正僵，班长想借此让我跟主席大人拉拉交情，让他帮我在校领导面前美言几句，于是我便傻乎乎地敬酒伺候。后来主席大人喝高兴了，指着我的脸说："嗯，你不错，谈得来，这朋友我交了，以后你们的事就是我的事，哥们儿我的事就是……"我赶紧敬酒，生怕他说出后一句。

第二天下午，我又在学校门口碰见了他。我很高兴地跟主席大人打招呼，打算顺便就我的留校问题跟他商讨几句，让他帮我想想办法、出出主意。结果他很诧异地看着我，思索了好久，估计实在是想不起在哪儿认识的我这号人了，便问："你谁啊，找我啥事？"

我当时就蒙了，尴尬地说："没事没事，我认错人了。"心里狠狠骂道，真不是个东西！

3

还有个趣事，我在郑州那阵子找了个活儿，给一个哥们儿的公司修图，倒是没什么钱，纯是给自己找点事做。那老板也挺客气，每次我走的时候都给我点东西。有一次，他开了个金杯到我们楼下，给我搬了两件酒，说陪客户吃饭剩下的，留给我们慢慢喝。

第二天，忘了是个什么节日，我早上出门前跟室友约好了晚上买点凉菜小酌一番，可不巧那天正好加班。晚上，他在QQ上问我得几点回来，说菜都凉了。

我说："你少坑我，凉菜本来就是凉的。"

他说："那我总不能一个人喝吧，别人都出去聚会了，哥一人窝这儿算什么事，早知道我就约几个妹子看电影去了。"

我想了一下，从收藏夹里翻出几个经典网址给他，说："哥们儿真对不住，你一个人吃点喝点就睡吧。"

结果那天晚上我真的加班到很晚，深夜回到家的时候发现他竟然还没睡，抱着酒瓶愁眉苦脸地蹲在椅子上给电脑杀毒……

我能喝点酒，但酒量实在一般。我跟几个朋友做小广告公司之初，公司在手续上出了点问题，于是我们请办事的人吃饭。本想着对方也就能来那么一两个人意思一下，结果他们浩浩荡荡地来了一大家子人，同事、朋友、亲戚、二大爷什么的，围了满满一桌。吃到兴头上，挨个敬酒，白的啤的混着来，我喝得就差当众吐桌子上给他们添一道新菜了。我的同事看见我不行了，对我说：“再忍耐一下，以后这种场合多了去了，烟酒可是社交场合的必备品，你早晚得习惯。”

末了，他又补充说：“我们尽量照顾着，避免让你喝醉。”

我当时听了很感动，想着有一帮如此照顾我的哥们儿，那咱也不能在人前失态，于是强忍着把给他们准备的那道“杂烩菜”咽回了胃里。

自那以后，我为了不给弟兄们拖后腿拼命地练酒量，找各种人拼酒，出入各种酒场，每天喝得酩酊大醉。我的朋友们很满意我酒量的飞速进步，夸我大有前途，我竟因此沾沾自喜。

时日不长，某天我终于玩过了。那次是我孤军奋战，对方是三个中年人，一个是客户，一个是介绍业务的同行，还有一个竟然是我高中班主任的哥们儿。要谈一笔广告宣传的业务，费用不低。我看他们来势汹汹，咱年轻人不能丢了范儿，于是决定对方怎么喝我就怎么喝，要从气势上干翻他们。

事实证明，我这种自损一万伤敌三千的法子是幼稚、愚蠢、行不通的。我一觉醒来时，发现自己孤零零地趴在公厕门口的破沙发上……我当时第一反应是我太牛了，喝成那样竟然还知道找个地儿趴着，没睡大马路上。我蹲在公厕门口看着凌晨四五点钟时脏乱差的城市——只有几盏路灯孤单地亮着，空荡荡的街道寂静得吓人。

我想万一有人在我醉倒之时偷了我的东西可怎么办，于是我赶紧摸了摸我的裤子，摸完后长舒一口气：“左边钱包，右边手机，万幸都在。”

此后我就尽量少喝酒。

4

我真的很想找出更多例子来证明烟酒对社交是无益的，但很遗憾，我的社交圈里有一半朋友是在酒桌上认识并熟络起来的。在正襟危坐的情况下，我们可能很难打开心扉跟人交流，但几杯酒下肚之后，在酒精的麻醉下，人会轻易地释放包裹了已久的情绪。有些看起来很腼腆、很含蓄的人，在酒至半酣时就开始大讲黄段子，我一做销售的朋友甚至坚信愿意跟你喝得烂醉如泥的人，才是值得交往的。

怪不得有人说，世界上有一件事能让两个陌生人很快成为朋友，那就是喝酒。

毫无疑问，烟和酒都能迅速拉近人与人之间的关系……但是，真正的交往讲究的是真诚，而不是你递给了他多少烟、他灌你喝了多少酒，毕竟日久见人心，人家看到你的真诚之后才会愿意和你长久地相处。

而且我坚信社会在变，观念也在变，如果你不分场合地抽烟劝酒，不但无法迎合别人，反而会让人厌恶。如果你现在不会抽烟喝酒，那就不要为了社交而开始抽烟喝酒，那是一个错误的选择。

有些人酒过三巡之后就一口一个“兄弟，有事你说话”，吹各种牛皮，上至省委领导下至保洁大妈，哪儿都有他的关系。千万别以为酒后吐真言，这人真就如此厉害，这样的人物我一年到头天天见，十号线的地下通道里随便拉住一个要饭的，张嘴都是这些话。

别不信，我认识的这样“厉害”的人物手拉着手连成排可绕地球500圈。

谁觉得这样的人靠得住？

永远记得，那些三两杯酒下肚就给你许出一堆牛哄哄的关系和天花乱坠的承诺的人永远不可信，真正够意思的兄弟、靠得住的哥们儿不是靠酒精的麻醉和酒桌的奉承结交到的，烟酒朋友可以锦上添花，但永远不要指望他们能雪中送炭。

更不要玩着命地跟他们拼酒。

PART 3

你不需要心灵鸡汤，你只需要一往无前

鸡汤虽好，切勿贪杯

1

我对于穷有几段刻骨铭心的小记忆。一段是在郑州，那时候我刚退学，租住在金水区一个叫姜砦的城中村，现在想起来房租便宜到不可思议——一个月两百多块钱，但对当时的我来说仍是一笔巨款。我跟一个大学同学合租，为了省钱，我们不舍得开灯，就靠电脑的光照亮。后来房子快到期了，我们打算奢侈一回，一拉灯绳才发现，原来那灯在我们搬进来的时候就坏了。

之后我到北京，第一份工作的工资是1500块钱。那时我认识一个朋友，比我大5岁，跟我老板挺熟的，他人不错，经常请我吃饭，从来不让我埋单，几次我抢着付账都被他严词厉色地拦住了。

有天，他请我去唱歌，我到了之后才知道那天是他的生日，我看到他的朋友们都送给他各色各样的精美礼物，相比之下两手空空的我备感惭愧。我心想为什么他不提前告诉我让我也早做准备呢，难道是因为我平时表现得太过抠门而让他误会我是个小气鬼了？

有天我实在憋不住了，问他：“你是不是没把我当朋友，为什么连生日这样重要的事都不提前告诉我？”

他说：“兄弟，你想多了，我跟你老板很熟，无话不谈，我清楚你一个月拿多少工资，我知道你赚的这点钱在北京交房租吃饭已经很不容易了，我不想给你增加任何额外的负担。如果因为朋友之间的交际让你感到压力，我反而会过意不去。”

2

前两天《鲁豫有约》采访了罗永浩，老罗在访谈中谈到了他的消费观，并倡导年轻人都去这样做。后来有媒体把它总结成了一篇文章，题目叫“罗永浩：年轻人不要存钱，把每一分都花干净，将来一定能赚大钱”，报道是这么写的：

> 日前，罗永浩上了国内某电视台的访谈节目，节目中，老罗谈到了年轻人花钱的问题。在他看来，作为月光族的年轻人将来一定能赚大钱，他自己年轻的时候就是月光族。
>
> 罗永浩透露，公司设计部门有个小伙子，一个月好几万的工资，每个月都花得一分钱不剩，而且经常花钱买一些没有什么必要的东西，经常到月底前一周就没钱了，还要跟比自己收入低的同事借钱。
>
> 罗永浩问他为什么，这位小伙子说，他就觉得自己一定会赚大钱的。如果你坚信这个，你一定不会理财，不但不理财，如果有机会贷款，你还敢使劲贷款、使劲花。
>
> 罗永浩听完表示自己特别高兴，并称自己二十多岁的时候就这样想。十五年前在新东方的时候，差不多年薪60万。对于十五年前，一个二十多岁的人来说，是非常高的，但他也是月光族。
>
> 罗永浩强调，不要存钱，每一分钱都花干净，你将来

一定能赚大钱。

这篇文章在我的朋友圈里传得很火。我一个30出头有家室的同事看完这篇文章后告诉我说："你看，我就是这样的人，我从来不存钱，看上什么买什么，虽然买了很多无用的东西，但我依然坚持这样的消费观，一发工资就买买买，花钱从来不计划。"说完，他又找我借了1000块钱，说要交房租。

然后他说："你放心吧，我将来一定能够赚大钱的，因为你看，我跟老罗说的那种人多像啊。"

3

上面两个故事其实并没有多大的关联，按照以往的经验我的这篇稿子可能又会被我的编辑大人以"立意不明"等原因打回来，罚我重写。但我其实想说的是一件事，就是上面两个故事都有的共同点：这些事总会让某些人产生共鸣。

第一个我的贫穷故事，肯定有七八成的北漂有这样类似的经历——刚工作，薪水微薄，只够艰难度日，要仔细规划每一分钱的用处，会担心社交活动增加的额外开销，可能下馆子都是很奢侈的事情，要精打细算地犹豫很久。

把我那个故事再完善一下，写上后来我为了摆脱这份贫穷又打了多少工、加了多少班、跳了多少槽、自学了多少技能，一直到最后我终于屌丝逆袭飞黄腾达，那我这篇故事就可以包装成"二十多岁的贫穷期是你最好的增值期"这样的题目竞争最佳鸡汤奖了。

第二个老罗说的那段话，我的很多喜欢看名人自传的朋友都或多或少地有这种"来自名人身上的共鸣"的错觉，好像只要简简单单地具备了这样的品德和消费观，将来也能成为那样的成功人士。

可鸡汤虽好，切勿贪杯，因为往往每个人的境遇都不一样，不能直接拿来套用。

老罗说不要存钱，每一分钱都花干净，将来一定能发大财，自有他的原因。这个世界上有个更明显的事实是，能够发大财的人永远是少数。如果你因为听了这些话就盲目改变自己的消费观的话，你早晚会因毫无必要的开销背上一身债，当你的收入承担不起你的债务时，那些巨大的压力看你怎么消化。

4

其实我无论怎么绕，都绕不开心灵鸡汤的基本套路：

开头讲一个主线的故事，中间再穿插几个辅线，最后情感充沛地总结出一个十分励志、正能量的个人感悟，之后加工包装个慷慨激昂、利于传播的标题，中间只要有一个论点能让你产生共鸣，那这就是一篇成功的鸡汤文。

我自己也曾一不小心，写过一篇还算较火的鸡汤文，叫“致二十多岁着急焦躁迷茫困惑的年轻人们”，直到现在还有人在网上给我点赞感谢我，印象最深的几条评论说：

> A君：我一直在想没有好的学历、好的背景到底怎样才能出人头地，我想你的文章给了我解答，至少我有理由说服自己不抱怨生活，更好地活。
>
> B君：真心谢谢你，我这几天也是这样的状态，因为见了一些在大城市打拼的老乡，不是大企业老板就是做大官的，自卑了好一阵子，整天想着自己怎么也达不到人家的

成就。现在想想，我才刚毕业，为什么要想那么远呢？

C君：现在的我确实蛮迷茫的，经常在想五年、十年、十五年以后的我会过上怎么样的生活，纠结自己该如何获得那些物质上的东西，不过看了作者的文章后，发现自己想太多了，谢谢作者的文章。

看完他们的留言后，我自己都惊到了。说实话我根本没想到这篇错字和脏话连篇的文章会有这么大的功效。我觉得那洋洋洒洒的几千字其实都是废话，我只说了一件事，就是——我也很失败。

这类文章多多少少会有一些代入感，会觉得那个贫穷到连一顿好饭都吃不起的无房、无车、无存款的人不就是现在的我吗？那个想学学不进、想玩又怕遭报应，从早到晚无所事事，又整天提心吊胆的人不就是现在这个找不到方向的我吗？那个事业不顺、各种受挫的人不就是昨天那个刚在老板办公室挨批评、哭着出来，并被扣了半个月工资的我吗？那个失去爱人、朋友不多、没有知己的人不就是现在这个寂寞无助没有人能懂的我吗？

在你难过无助的时候，一篇鸡汤确实能够在某些时刻给你带来一点点的慰藉和内心的平静，更何况我自己也写了那么多鸡汤文，我要是说鸡汤无用那不就是在猛抽我自己的脸吗？

但是我永远不相信那些在我文章后留言说谢谢我的文章给了他们内心平静的人，在几天后忘记这篇文章时内心还会那么平静，因为我更清楚一件事情——内心的平静一定要建立在物质生活的满足上。

一个饿着肚子的人是不可能只靠着白纸黑字而获得满足和幸福的。

任何一个有理智的人，都知道鸡汤无用，鸡汤文除了能带来点安慰、帮助作者混稿费以外一文不值，因为你不可能看完一篇鸡汤后，就立马升官发财、宏图大展，从此走上人生巅峰。

曾经有人看完我的文章后直接发问，你讲的都是废话，这些道理谁不懂，我不需要你给我灌这些鸡汤，我就想让你告诉我，我应该怎么做。

是啊，我也知道我说的都是废话，可是……我怎么知道你应该怎么做！你想要的不就是钱嘛，那我说好好学习天天向上，将来就能发大财，你信吗？

你当然不信。

你需要的是能躺在床上、坐在马桶上就赚得盆满钵满、名利双收的神仙办法。

可我要是有那方法早就闷声发大财了，我凭什么告诉你？

5

所有的心灵鸡汤其实都是废话连篇（包括我的），因为绝对不可能有人打着包票地告诉你，你看了我的文章之后第二天就能名利双收，没有人能够告诉你怎样在一个月之间赚到穷尽一生也花不完的钱，也没有人敢斩钉截铁地说你去照着我文章里写的那样去做吧，你只要做了就一定能够发大财、睡醒了就能扬名立万。

心灵鸡汤之所以是鸡汤，就是因为它只告诉了你一个飘在天上的道理，但永远给不了你落在地上切实可行的方法。

所有的鸡汤故事，说白了来来回回都只是那些东西——贫穷的窘迫、生活的磨难、工作的不顺以及感情的挫折。

万变不离其宗，不管鸡汤的套路怎么绕，永远离不开生活的柴米油盐酱醋茶，你我现在过的生活就是这个世界上绝大部分人过的极其正常的生活——

从我们少年时代的不谙世事，到20岁对未来世界的好奇和对心仪的物质生活的无力，再到三四十岁事业渐渐有成、承受上有老下有小的压力，再到50岁面对职场天花板的困惑和对渐渐成人的子女的操劳，再到六七十岁跟爱人相依为命的寂寥和对子女的牵挂，最后到80岁对世界的依恋和不舍……

人生的每个阶段都充满了如上所说的重量不一的压力和困惑，衣食住行、生老病死说穿了就是这点事，那些说着“我敢跟别人不一样”的人其实也逃离不开衣食住行、生老病死这点琐事。

可是，在充满套路、模式化的人生中，这个世界又发展得太快了，你存了几个月钱刚买到的新手机可能明天就过时了，你刚喜欢的明星可能明天就过气了，你刚淘的新衣服可能明天就不时髦了，你刚发的工资可能明天就不够花了，甚至你刚想明白的道理可能明天就不适用了。

在这个忙碌的世界，我们总要去追求、去无止境地索求，但同时我们大家都心知肚明一件很现实的事情，就是绝大多数的人，如果不是富二代、官二代，没钱、没势、没社会关系，仅凭一己之力和满腔热血在社会上闯荡，总会在努力打拼之后，被现实以迅雷不及掩耳之势啪地甩一记响亮的耳光，告诉你生活的残酷和人生的无力。心灵鸡汤击中的往往就是你在失败时内心最脆弱的部分，你需要它给你一点慰藉和希望。在你最难过的时候，一篇充满了正能量的鸡汤，就如同街边的算命先生说的话一样，总有一句话能够打动你。

尽管你知道人生的每个阶段都有着或多或少难以消化的压力，看再多心灵鸡汤也于事无补；尽管你知道诗和远方很美好，但你依然摆脱不了今天的苟且；尽管你知道励志书籍只会给你打点鸡血，告诉你说“看到了吧，世界上还有这么厉害的人，可是这个人跟你没什么关系”；尽管你知道大部分职场达人、情感专家、成功人士的“语录”“恋爱学”“成功学”往往都是“听起来很有道理，可是一琢磨似乎又是没用的废话”……

尽管你什么都明白、什么都懂，你知道你30岁、40岁、50岁甚至100岁时该何去何从……

但是，在这个忙碌的世界，面对这些无力的事情，我们需要鸡汤给我们带来的那一点慰藉和鼓励，让我们在苟且地活着的时候，还能静下心来想一想梦想和未来。从这个角度讲，心灵鸡汤的存在所能给心灵带来的那一点点慰藉的作用，确实是时代的需要。

鸡汤虽好，切勿贪杯。

因为人，只有立足脚下，才能遥望远方。

每个人都喜欢你，那你得随便成什么样子

曾经跟几个朋友搞过一个项目，具体是啥就不说了，反正也是个失败的破玩意儿。当时热情还比较足，一有空就约时间聚在一块儿聊产品，搞得热火朝天。

某天，一哥们儿介绍了一个朋友加入，他是在大公司做产品的，流露着当了多年甲方傲视群雄的气势。大家自我介绍完渐渐熟络之后，我明显感觉到这哥们儿不太爱搭理我，甚至有点针对我。

每当我们讨论产品，别人说话时他都能安静地听完，唯独我开口说话时，还没说上几句，就会被他强行打断，然后吧啦吧啦地说我太幼稚，想得过于天真，要么功能复杂，技术不好实现；要么功能弱智，对客户没有吸引力；要么就是我的出发点不对。我的所有观点都会被他批得体无完肤，然后直接下定论说我这个人有问题——不适合做产品。

后来我发现他不光针对我的工作，就连在日常交往中他都明显地跟我“保持着安全距离”，从来不和我坐一趟地铁回家（虽然我们俩住在一个方向），有几次我贱兮兮地主动跟他搭话，也被他用鼻孔看人的姿态顶回来。

某天晚上，大家聚餐，服务员端上来一盆猪肉炖粉条。我刚要伸手去舀，他立刻制住我，说让服务员再拿一个大碗，单独给他分一份。

我尴尬地拿着汤勺坐在那儿，脸都气绿了，心想：我就不明白了，浩瀚宇宙苍茫大地，全世界那么多人，你干吗老跟我过不去啊？

之后我也就识趣地减少了跟他们这个圈子的交际，慢慢地大家三分钟热度过去之后，那个项目也就无人问津了。

后来我跟一朋友聊天，也是聊嗨了，就把我心里的疑问说了出来，我说：“你那哥们儿到底什么脾气啊，感觉他整天都跟我过不去。”

那家伙悠悠地回我了一句：“因为他嫌你是河南人啊。”

瞬间我心里有一千万头神兽狂奔而过……河南人拱你菜地偷你家猪了？这也能成为横挑鼻子竖挑眼、各种不待见的借口！

我不知道河南人怎么招他了，也不关心他曾经跟河南人有过什么过节，因为我清楚，他会为这种偏见找上一百万个理由来证明你这种人就是个烂人。

有些人生下来就戴着有色眼镜看人，你混得不好，他会说，你看我就说这种人没出息；你混得好了，他会说，准是通过什么不正当途径。你的女朋友长得难看，他会说这种人连挑女朋友都挑这么丑的，没眼光；你的女朋友好看，他会说你俩蛇鼠一窝心怀鬼胎，在一起准没好事。你过得不高兴、不如意，他会说你这种人就只配苦兮兮地活着，活该你一辈子不高兴；你每天乐呵呵的，他会说你这样的人竟然还笑得出来，到底是有多不要脸……

明白了吧？一件事情无论你做成什么样，他都能找到毛病，老子就是天生看你不爽、瞧你不顺眼，你能有什么办法？你为了弥补偏见所做的努力都是无用功，你的所有优点都会被他忽略，你的所有缺点都会被他放大。从一开始到最后，不管你做了什么，在他眼中你都是一个烂人。

在这个世界上，有多少人喜欢你就有多少人恨你，有多少人夸你就有多少人骂你，有多少女孩喜欢你就有多少男孩想收拾你，有多少人想死你就有多少人想你死。

有些人就是纯粹地打心眼儿里不认同你，那种偏见是与生俱来的，所以我常常觉得或许没有无缘无故的爱，但一定有无缘无故的恨，以及无缘无故的瞧不起。他或许瞧不起你的出身，或许瞧不起你的长相，或许瞧不起你的工作、你的社会地位，甚至有些用苹果手机的人还看不起用安卓手机的人，觉得他们都穷……

这些你是无能为力的，跟他们在一起只会让你更加郁闷、憋屈、不开心，远离这类人就好。

人怎么样才能开心？多跟喜欢你的和你喜欢的人在一起就会开心，没必要强迫自己去和讨厌你的人相处。

不要去试图改变你在他们心目中的形象，那些都是无用功，到最后你的努力只会变成他嫌弃你的借口，也给自己找不痛快。更何况作为一个成年人，你也清楚你不可能为了某个人去改变你的生活习惯。

要知道，如果每个人都喜欢你，那你得随便成什么样子？

哦，你问我后来那哥们儿怎样了？

不知道啊，后来我就拉黑了他。

因为我担心自己哪天实在憋不住了，会代表河南人拿窑砖拍他。

别让糟心的记忆成为你的绊脚石

1

小软是我一个前同事，做后端开发的，别听名字叫软，其实身段一点也不软。他姓阮，是个男孩，糙老爷们儿一个，但技术不错，debug能力很强，我们需要熬夜搞一晚上的需求，交给他三下五除二就能搞定，有他在我们少加很多班，所以大家都挺喜欢他的。

不过小软人如其名，是一个性格稍微有点软弱的人，他特别在乎别人的想法，遇事瞻前顾后，怕做错得罪人，爱记仇——这不是贬义，这家伙不记别人的仇，偏偏只记自己的仇。假如这周一他找你借了10块钱，那这周你就别想消停了，他还完钱后会每天感恩戴德地说你在他困难的时候帮了他一把，真是给你添麻烦了，然后跟唐僧似的边写代码边絮叨，烦死你。

有天晚上，我们熬夜加班弄一个项目。在这之前，大家已经连续加班了几十个小时，疲惫不堪，困到不行，如行尸走肉一般，几乎凭着直觉在写代码。结果临上线时，昏昏欲睡的小软上完厕所回来，不小心一脚踢翻了放在角落里的测试服务器。

当时我们为了偷懒，本地没有部署SVN，直接就局域网连FTP，在那台服务器里改工程文件。

那破机器是我们自己攒的，非常简陋，连机箱盖都找不着了，直接赤身裸体地躺在角落里嗡嗡嗡地苟延残喘着，里面装着我们强行从某个爱看毛片的同事的机器里先斩后奏拆下来的老硬盘。那落满灰的硬盘里除了共享着那哥们儿收藏的几十个G的毛片外，还忙里偷闲地存着我们项目组所有的工作数据。

小软这一脚直接把这台将要作古的服务器和那哥们儿的收藏品一起踢进了骨灰盒。

当我们确认硬盘已毁，并且完全没有备份之后，所有人都蒙了……尤其是那被迫贡献装毛片硬盘的哥们儿，整个人仿佛都失了魂一样，趴在那台七零八落的主机前，哭诉说那些片儿可是他从初中就开始攒的，有些甚至还是绝版的，网上再也下不到了……

一时间，我们觉得他才是那个最惨的倒霉蛋。在他面前，我们这个加了几十个小时班、辛苦干了一个多月的破项目，以及第二天早上没办法跟老板交差的事……似乎都不算什么大事了。

此事导致第二天我们没有如期交付工作成果，连领导带小弟，挨个被老板和客户骂得跟孙子似的。因为坑挖得比较深，后果很严重，大家也都没有了填坑的心力，没过两天连带我在内的所有人都不负责任地离职了——除了那个罪魁祸首——小软。

那个被我们强行要求贡献出硬盘的哥们儿，刚办完离职手续，还没走出公司大门就退了群，拉黑了我们整个项目组的人的微信……

可见他是真的非常恨我们。

在此之后，这件事成了小软的心结，他在没命地加班写代码的同时，不住地跟我们道歉，见面就给我们鞠躬，一发工资就要请我们吃饭。

每次见面，他都像祥林嫂般地说：“要是那天晚上我再憋一憋就好了，这样服务器也不会挂，服务器不挂硬盘也就不会坏，硬盘不坏我们的数据也就不会丢，我们的数据不丢你们的工作也就不会丢、那存毛片哥们儿的魂儿也就不会丢，那存毛片的哥们儿的魂不丢的话他也就不会拉黑我们……”

这件事小软记了好几年，不管什么时候、什么场合见他，他都会提到这事，一开始我们还安慰他说：“没事，那破公司我早就想走了。”后来听多了也就免疫了，他再提，我们就说：“行了行了，我们知道你心里有愧，今儿这顿饭你埋单就行了，快别提了，听多了就烦。”

前两天，小软忽然找我，说他那边有个不错的工作机会，问我要不要考虑。

原来，傻人有傻福，小软没头没脑却踏踏实实地留在了那家被我们集体炒鱿鱼的公司，老牛耕地一般地填坑。前阵子公司领导跳槽单飞，把小软也挖了去当二把手，主管技术，听说年薪比我们这帮穷折腾的人干上三五年赚的辛苦钱还要多得多，真是令人艳羡。

我一时丈二和尚摸不着头脑，说：“我不干这行都多久了，你那公司还能有啥适合我的机会？”

小软不好意思地笑了一下说：“你又不是不知道，我这人天生没本事，都是靠你们这帮弟兄帮衬。咱那帮老同事都说，要不是当年我迷迷糊糊那一脚，没准儿现在坐在这个位置上的就是你了，你要不嫌弃，回来当我领导，我让贤给你……”

我赶忙打断他，说：“得得得，又提那档子事了，耳朵都听出茧子了，别整那套没用的玩意儿，你把我当什么人了……何况我现在过得挺好的……虽然有时候确实眼红你挣那么多……但你一定要知道，你能混到今天的位置完全是靠你自己的本事，跟我们没有关系。别整天把一些陈芝麻烂谷子的破事挂嘴上，好像你犯多大错似的，有些事过去了就过去了，没必要整天挂在嘴上，动不动就拿出来惩罚自己，总跟自己过不去。”

2

有时候，我们不小心办砸了一件事，每隔一阵子就重温一次自己的犯错史，然后充满愧疚地不断向每一个当事人道歉，你自认为是在将功补过，在别人看来可能就是添堵。

有些事情该过去就过去，人生在世，该忘就忘，有那么多开心的事和爱的人需要被铭记，谁有工夫成天去缅怀那些糟心的破事？

联想到前两天我一表弟找我，说他最近在学校被人欺负了。我说，打你哪儿了，扇你耳刮子了还是踩你脚丫子了。

他说不是，他前一阵参加一个计算机比赛，拿了个奖，现在整天有人在学校传他的瞎话，在他背后嚼舌头，说他人品差，比赛作弊，说他清高自傲欠收拾，还到处造谣他跟各种女孩搞暧昧，是个人渣……学校里谣言四起，搞得他都想退学了。

我说，你知道吗？我上学那会儿骂我的人多了去了，想收拾我的人排队都排到天安门了，就跟北京限号一样，一、三、五一批，二、四、六一批，周日学校放假，他们就在家里嫌弃我、诅咒我。但你看，我现在依然不是活得好好的吗？

我活着就是要让那些看我不爽的人干瞪眼，就是喜欢他们看我不爽却又只能让我在他们面前瞎嘚瑟的样子。我要是跟你一样天天在乎别人的想法，那现在我早就吐血身亡了。

人活在世，为什么会被人说闲话？那是因为你被某一个社群关注。被关注其实是好事，只有内心不强大的人，才会觉得听到什么都像是在说自己，一点点小动静就矫情病犯了，哭得稀里哗啦。你看骂范冰冰的人多吧，她搭理过哪一个？人现在管自己叫范爷，在娱乐圈混得风生水起的，那些谣言影响到她拍戏演电影了吗？

别人爱说什么就让他们说去吧，你还能挨个去堵他们的嘴？

3

你走着走着不小心摔了一跤，在你看来这是丢脸到想打个地洞钻进去的囧事，但在外人看来，那可能就是他生活中的小插曲，呵呵两声一笑而过，睡一觉醒来谁还会记得昨天在马路上发生的一件小事？

茫茫人海，你只是他们匆匆人生里一闪而过的路人甲而已。

所以千万不要过于在意别人的感觉，不要以为全世界都把你当回事。其实不是别人在关注你，而是你在关注别人——因为别人根本就不关心你做了什么。

要知道，只要你有一颗强大的内心，基本上就能解决生活里绝大部分问题。

人生在世，很多烦恼其实都源于自己跟自己过不去，当你一根筋地陷入过去所犯的错误中无法自拔时，就已经掉入了泥潭，终日活在自我惩罚和自我谴责中越陷越深以至于难以翻身。你要知道，你对这个世界最大的奉献，不是你赚了多少钱，或者拯救了全人类，而是试着学会原谅和接纳这样一个会犯错的你。

永远别忘记自己是谁，在这个世界上，没有人比你更懂你心里的想法。那些阿猫阿狗让他们带着他们的风言风语自生自灭去吧，别让糟心的记忆，成为你的绊脚石。

毕竟，伟大的文学领袖高尔基先生不是说了嘛：

别低头，皇冠会掉，不能哭泣，坏人会笑！

找工作，去大公司还是小公司

朋友的弟弟今年毕业，正在找工作，过来问我说，他手里有两个工作机会，一个是百人规模的大公司（其实从宏观上来讲应该算是中小型公司），另一个是十个人不到的创业公司，他拿不准主意到底应该选哪个。因为虽然两者的待遇都差不多，但是那个大公司跟他的专业有点偏差，他投的是UI设计，但是给的是运营岗；而后者是做UI的，可是公司规模太小，去的时候差不多有七八个人，在一个商住楼里面，但公司氛围还不错，非常扁平化，直接就是创始人面的他，聊得也不错。

他弟弟偏向去小公司，第一是专业对口；第二虽然公司人少，但看起来氛围不错，应该没有办公室政治——他性格偏内向，不太能跟陌生人相处，怕有办公室政治，而且那家公司的创始人还许诺未来会兑现给他一部分期权。

但是我朋友希望他去大公司，毕竟大公司稳定，环境好，福利也不错。

虽然我自己目前也在创业，也是在一家“十人左右的扁平化管理的小型创业公司”上班，甚至偶尔面试时也会拿期权去忽悠人，但如果站在朋友的角度来讲，我真的举双手双脚赞成朋友的建议，推荐他去大公司，千万别听小公司的老板瞎忽悠。

正好我前两天刚看到一篇关于雷军的报道，题目是“从雷军留不住一个90后出发，谈谈互联网公司需要什么样的年轻人”，里面雷军有段话让我印象非常深刻，他说：

> 一个问题，如果你刚刚毕业，有两份工作——一家高大上的外企和一家屌丝的互联网创业公司，应该选择谁？
>
> 我会说后者。
>
> 不久前，谷歌创始人说未来大量传统工作会被机器取代导致许多人失业，而一个互联网高管也告诉我，他们现在招人宁愿要没有经验的新人也不要大型外企的员工，因为他们知识结构单一，还往往自以为是，不愿意学习新东西。
>
> 所以那些刚毕业的年轻人，与其去高大上的外企做一颗螺丝钉，不如到屌丝互联网公司滚爬几年努力成为公司的栋梁。因为螺丝钉随时可以被取代，而栋梁放在哪里都是栋梁。

我心想，果真是人一旦混好了说什么都是真理啊。

首先我得承认，创业公司有成功的没有，摸着良心讲，一定有，尤其是在日新月异高效运转的北京城里，移动互联网浪潮的推动给小公司带来了无数好机遇。小公司流程少、短平快、运转效率高、试错成本低，一旦找准方向了很容易把规模做起来，而且早期加入小公司随着公司的发展，A轮B轮一轮一轮地融资下去，将来确实可以得到巨大红利，分分钟当高管拿股票，去纳斯达克敲钟都有可能。

就如同小米一样，2010年成立，仅仅几年就和雷军的那句“站在风口猪都会飞”的名言一起火箭般蹿升，到如今随随便便就估值400亿美元。

可另一个现实是，放眼望去，全中国有成千上万的屌丝级互联网创业公司，中关村随便找一条街走进去全是孵化器和众创空间，跟人吃饭聊天一递名片全是公司创始人和首席执行官。问题是——这些如满天繁星一般的屌丝创业公司，真正能混好的到底能有几个？

在政府鼓励“大众创业，万众创新”的今天，我见到过各种玩概念、玩产品、玩营销，却没有真才实干的创业公司。

创始人凭着一张嘴各种坑蒙拐骗，上至伪造用户数据忽悠投资人，下至拿远在天边虚无缥缈的假福利欺骗员工，总是以“试错”来包装掩饰自己的无能，招来一帮廉价劳动力，做毫无价值甚至连自己都不明白意义在哪儿的产品。

说“去大公司是螺丝钉，去小公司才是栋梁”这种话就是严重的误人子弟，那些打算到这种“屌丝互联网公司摸爬滚打几年”的人，你确定现在上班的这家公司明年一定还活着？

还拿小米来说，它能发展得这么快，完全是天时地利人和缺一不可，而且雷军本身就是创业的老江湖，他创业时的人脉资源广到普通创业者穷尽一生都不可企及。模仿小米路数的公司多了去了，有几个能达到它如今的规模？那些窝在孵化器里的微小型创业公司的创始人们，究竟有几个实打实地握着人脉资源和真才实学？

毫不客气地说，当今中国的屌丝级创业公司，100个死99个，甚至说100个无一幸免都毫不夸张，别以为脑袋一热搞个项目，过几年都能去纳斯达克敲钟。

为什么要去大公司？

做一个不太恰当的比喻，这就好像清华大学和职业技校的区别

（虽然我严重反对学历至上，我也承认我这个比喻有严重的问题），先不说清华的校园环境和资源是普通技校不可比的，不谈智力上的区别，就只从努力程度上来讲，能进清华的人，或多或少的要比一般人玩命吧？

前两天我跟一个在搜狗工作的朋友聊天，她告诉我他们公司现在招人，哪怕非校招、社招甚至内推，也至少得三到五面，几轮面试流程走下来怎么都得小一个月了。我惊诧说流程这么长就不怕人跑了？她说大公司有大公司的制度，流程繁杂虽有弊端，但是从长远来看，这种机制才是真正对公司负责任的表现。

我后来一琢磨还真是，至少这能证明一件事情，就是在大公司里，跟你共事的人也是经过百里挑一、层层筛选出来的人（虽然不一定全是，但至少这样的机制能过滤一部分滥竽充数的人），你可以跟更优秀的人一起共事，接触更多更优质的资源和人脉，这本身就是一种难得的体验。

别听他们说在大公司就只能当螺丝钉了，根据我的经验，一个应届生去小公司基本上全靠自学，甚至没准儿公司创始人和你的领导的水平也只是二把刀。而至于说在小公司能接触更多东西——这不废话嘛，小公司的老板恨不得把一个人当十个用——其实大公司一样可以，而且质量要更优，现在稍微有点规模的互联网公司内部定期都有分享活动，会邀请一些技术咖或者合作公司来做分享，谁敢说这些资源比不上小公司？

至于说大公司有办公室政治的，放心吧，如果你在某方面本身就不那么招人喜欢，没准儿你去到小公司没两天你的老板就带头嫌弃起你了，而假如你本身是个特别有性格的人，大公司其实更能包容你，尤其是互联网行业——毕竟林子大了，谁没见过几个有脾气的人。

还有一点就是公司制度。小公司的老板当面忽悠一通梦想，再许诺一堆八百年都不可能兑现的期权股票，到头来你真入职了之后才发现公司可能连社保都没有给你上；而大公司的制度规定都是死的，没人敢信口开河——当然，小公司有一点优处，就是小公司往往更好请假。

而至于朋友的弟弟因为大公司的岗位而产生的担心，其实这更不算什么事，大公司内部转岗流程也没那么吓人，更何况作为应届生的你又如何确定你学的专业就一定跟你的工作息息相关到不可调剂呢？

综上所述，大公司里良好的工作环境和人脉的积累，以及由此带来的漂亮的履历，一定会对你以后的发展大有帮助，而且哪怕你以后真的是很想去一家靠谱的创业公司摸爬滚打，也一定建议你在这之前先去一家上点规模的公司，因为一家靠谱的创业公司在选择人的时候，也一定会优先考虑在大公司镀过金又有真才实学的人。

所以，如果有工作机会还是考虑去大公司吧——尤其是年轻人。

PART 4

不怕万人阻挡，总有情在身旁

我是我父亲的遗憾

1

老实讲，其实我对写字并没有多大的热情。作为多年的互联网从业者，我一直推崇的是快速迭代和快速消费的价值观。在这个娱乐至死的年代，我顶多是在手机上碎片化阅读，从来耐不住性子读书。

我得承认，在浮躁的世界里，我同样浮躁。

这点我不如我爹。

我随我爹，我爹年轻时也很帅，不只有颜值，少年时代的他还是个有理想的年轻人。当时他的梦想是当个作家——这是我俩唯一不同的地方，我是为了钱，他是真热爱——他曾以“郭阳”为笔名在很多地方发表过文章，而且不是现在随处可见的从网上找素材按套路拼凑的心灵鸡汤，他写的可都是实打实的纪实文学，可读性很强。

时至今日，那些泛了黄的报刊依然被他小心翼翼地收藏着，偶尔心情好的时候会翻出来，指着上面豆腐块大小的段落对我说：“这可是你老子写的。”

所以从小到大我都觉得我爹是一个很厉害的人，因为每次他炫耀完他当年的成就后，就会多给我发几块零花钱。

我想，如果他给我的零花钱能再多点的话，那他就会是一个厉害且完美的人。

2

在他那个年代，写作是一件十分庄重的事。首先，他要在纸上凌乱地写出大纲，然后再按照大纲仔细地填充内容并反复修改润色，最后才能小心翼翼地成文。区区千字的短文经常一改就是好几天，待改到满意并发誓不改以后，再整整齐齐、毕恭毕敬地尽量一字不错地抄到一张新纸上，然后折叠好、装信封、贴邮票，再从村头搭车去小县城邮寄到远方的编辑部，最后还要等上几个月的时间才能知道这篇文章到底能不能发表，或者又有哪里需要再修改。

不像现在，只要有台电脑或者手机就可以随时随地写，成文后马上就能推送到各个平台，迅速得到编辑和读者的反馈。因为传播效率的提升和成本的降低，一些没什么真材实料的写手也能够更有目的性地针对某些读者写一些不入流的鸡汤文。

3

我曾经的对婚姻的恐惧也来自于我的父亲，因为他人生的一个失误就是他跟那个年代的同龄人一样过早地结婚生子——他22岁时就有了我，但那时候满怀青春热血的他尚未感受到生活的艰辛，没意识到应该挑起养家糊口的重担，依然傻兮兮地坚持着对文学的热爱，每天只在家里闷头看书写作，从来不考虑妻儿老小的生计。

我刚出生没几个月的时候，一家南方的杂志社邀请他去广西玉林参加一个作家协会举办的文学交流活动，听说完事后还有编辑帮他出书。我不知道那个时候出书对他来说意味着什么，现在想想，那可能是他面对迷茫的未来的最后一根稻草。

从我老家豫西山村去广西玉林大概要辗转2000公里。在那个年代，在那个小山村里，一位从来没有出过远门、初为人父的人，一位本应在地里田间辛苦劳作的农民，要跋山涉水地去另一个城市参加一个莫名其妙的关于所谓文学的交流活动，还是自费，全村人不理解他为什么要做这么荒唐的决定。

可是他丝毫不在意别人的想法——包括他的老婆孩子，他毫不犹豫地收拾东西买票走人。我妈说他走得很利落，头也不回，没有一丝挂念。而那个时候我才几个月大，他刚一离开家我就发了高烧，烧得很严重。那夜我妈抱着我一路哭一路跑，一个村一个村地找土郎中给我看病，她说她真感觉我快要烧死了。

在老天保佑我总算没有被烧死的时候，我爹也终于万水千山地到了中国的另一端，然后他给家里发了封报平安的电报，那个时候电报是按字收费的，他为了省钱，就写了六个字：

一切安好勿念。

我妈拿着那张电报，看着襁褓里烧得迷迷糊糊的我，哭着骂“你安好勿念个屁”，从这之后她开始抱怨我爹，并持续地唠叨了三十多年。

4

我爹风尘仆仆地从南方回来之后，迎接他的是意料之中的埋怨和责骂，可是他没有还嘴也没有解释，看样子心情十分低落。除了一张照片外，他没带回来什么纪念品，所有人都不知道他在那里经历了些什么。后来，有次我翻影集的时候看到了那张照片，是一个集体合影，密密麻麻地坐了好几排人，他年轻时的俊秀脸庞在人群里依然显眼，只是那张帅到掉渣的脸上多了一点点莫名的失意。我试图打听那张照片背后的故事，可他只是不住地叹气，从来没有正面回答过。

没想到那次抛家弃子的远行，竟然成了他对文学之梦的告别。打那之后——也可能是从我妈开始抱怨我爹对我的生死置之不顾之后，他忽然彻底地停止了写作。他终于开始意识到应该干点什么能赚钱的事情来消减生活的压力，但他又不想种地，于是他带着我们娘儿俩来到城里谋生。

最开始他在外面摆地摊，卖玩具和小工艺品。那个时候他总能给我带来一些新鲜玩意儿，例如往后一拉就会跑的小汽车、翻开就有音乐响起的贺岁卡片、只有晚上才会亮的夜光摆件，甚至还有印着泳装美女的拼图。

再之后他就去了我们市郊外的某个夜总会干活。那时候我还小，不清楚他做的是什么，反正他每天回来得都挺晚的，但是每次都给我带很多好吃的。那时候我们一家租住在筒子楼里，做饭不是很方便，大人又忙，所以我经常有一顿没一顿地饿着。记得有天夜里12点多，他醉醺醺地从外面回来，拎着一袋子肉食，他说是人家吃剩下来的。我扒拉了一下，里面大多都是碎鸡块，偶尔有几个鸡爪，我啃得津津有味，觉得我爹在外面做了什么了不起的工作，竟然能有这么多肉吃。

之后他转行做了一个保险销售员。他利用从小写字看书积累下来的好口才卖保险产品，赚了一点糊口的小钱，于是这一干就是十几年。

时至今日，他主动退休赋闲在家，平时跟我妈一起料理料理店内的生意，没事的时候看看电视、上上网、做做饭，日子过得虽没滋没味，倒也风平浪静。

只是别碰到人讲房子或者存款或者儿媳这样的事，否则我妈肯定就会把几十年前的事情扯出来，抱怨我爹对我不负责任。

这几十年中，除了期末考试时他忍着怒气给我的不及格试卷签名外，我几乎没有再见他写过一个字。

5

虽然他放弃了他的文学，但是他依然保留着那个年代文人的傲气，他经常跟我吹嘘说20世纪80年代是文学最后的黄金时代，在那一场思想解放的汹涌洪流中，文学对他们这种农民出身的青年来讲，是如同思想启蒙者一样重要的角色，他为那个年代的青年对文学的由衷热爱而自豪。他说海子是中国的最后一位诗人，这点我很赞同，我也觉得20世纪80年代的诗人是真正的诗人。

有一年，我的初中语文老师布置了一个作文题目，让我们写一个自作聪明的人。我知道她肯定是想让我们通过这个故事总结出一个大道理，但是我当时想戏弄戏弄她，于是就写了一个学生给老师上课的童话故事，末了，我总结说：“看到了吧，我亲爱的美女老师，一个乳臭未干的初中生竟然试图给你上思想政治课，我，就是这样一个自作聪明的人。”

结果，我的美女老师收到作业后哭笑不得，向我老爹告了状。他到学校看了我的作文后当即狠狠地暴揍了我一顿——他气的不是我这么小就知道戏弄女老师，而是他觉得我通篇的戏谑是对文字的一种不尊重。

当我的屁股挨了打之后，我才明白我跟我爹是有代沟的，甚至这种代沟发展成了他对当今图书市场的不解。某天，他在我床头看到一本书，他拿起来翻了一会儿，看着看着，他皱起了眉头，问：“现在的年轻人就爱看这个？”

我说：“你懂什么，这是现在最畅销的励志青春文学，火得不要不要的。”

他继续看了一会儿说：“这些故事内容空洞，东拼西凑，在我们那个年代根本不能出书。”

我说：“可别老拿你那个迂腐的眼光看现在的社会，你都out多久了，这是现在最火的青春励志文学，年轻人都喜欢看。”

他的眉头皱得更深了。

他说，他真是越来越搞不懂这个世界了。

6

我曾经试图通过我的努力在他面前为当代文学挽回一点脸面，于是我就把我写的一篇小说发给他看，结果他看完后给了我三个意见：

一、我在小说里构思了一个“某个一心想升官发财的人请几个领导来家里吃饭，并宰了只一毛不拔的鸡”的情节，我爸说一个领导怎么会去平头老百姓家做客。于是我说那万一对方也是个官呢，然后我爸反驳说你见过一个领导在家里招待另一个领导吗，还亲自去杀鸡——这个我无从反驳了。

二、一毛不拔是形容人小气，不能用一毛不拔来形容一只已经被拔干净毛的鸡——虽然它可能真的已经一根毛都拔不下来了。

三、其中有一句是“观音菩萨一样的圣女”，他说这句有逻辑问题，观音菩萨是中国佛教人物，圣女是西方基督教的称呼，二者不能中西合璧混为一谈。

我想我爹也一定没有见识过“猪一样的队友”这种句式。

这时我更加清楚地知道，原来他是打心眼儿里看不起我的文字，觉得我写的文章既低级又无聊，硬伤连连，充满了逻辑上的错误，还脏字连篇，显得极其粗俗没教养。

后来我听到熊汝霖的《Fly Away》这首歌，歌词中有一段对这个浮躁的时代的精准形容：

> 我长得没人屌，又没有钞票，只能在自己歌里发飙。
> 你一手夹着烟，一手数着钱，对我说着要红就得不要脸。
> 我喜欢做梦，你说支持我，只要梦想能够变成钱。

我觉得这首歌特别对我爹的路子，所以一直想把这首歌介绍给他听，只要他不介意这里面出现的那个“屌”字。

自那之后，我就再也没把我的文章给他看过。很久之后的某一天，他忽然问我最近怎么不写东西了。

我无所谓地说：“写那玩意儿干啥，写了也会被你挑刺儿，有这时间我干点啥不好？”

他一本正经地教育我说：“写字是很严肃的事情，你当然应该严肃对待，我是为你好。”

我懒得听他说教，于是我直接打击他的自尊心。我说：“你那么厉害，也没见你写过什么像样的东西啊。”

他愣了下，没再吭声，默默地转身去厨房洗菜做饭了——那个时候我才发现，他其实跟我一样，是一个在现实面前两手空空的无力之人。

我意识到我伤害了他，试图给他道歉，但是我难以对他说出“对不起”三个字，就好像我不好意思对我妈说“我爱你”一样。我不知用什么方式才能向他表达我的歉意，我想他一定非常难过，因为我知道他为了承担生活的重担和一个父亲的责任，放弃了很多很多，首当其冲的就是他曾经神圣的梦想。

7

关于他曾经神圣的梦想，陈忠实在回答“文学还有多大的力量”时有过一点总结，他说：

> 人们对当代文学之所以有诸如“死亡”、诸如“不再神圣”的议论，大约是对如某些浮泛文坛的玩文学的现象产生失望。
>
> 到美国坐地铁坐汽车，站前的书摊上卖着各种流行杂志和流行小说。旅客花小钱买一本，看看热闹和离奇，下车时就扔到废物箱里了。
>
> 据说有一批专门写作这种读物的作家，写得快出得快，收益颇丰，却也不计较在文坛的排名。

我联想到曾经给父亲看的那些鸡汤文，在他眼里一定就如陈忠实所言的流行读物一样只是消磨时间的工具，只是浮躁社会里商品化的产物而已吧。我才真正意识到，他对我一定是有着某种要求和寄托的，他希望我能如曾经的他一样认真写文章，尊重每一个字，不要因为忙碌平凡的生计就放弃文学梦想。可是，如今的我除了继承了他的颜值以外，毫无其他多余的才能和成就。

我甚至想到我爹某天心血来潮在书店闲逛时误翻到我的这本书，他不知情地拿起来翻了两页后指着我的书跟别人讨论说，这种书到底有什么意义呢？然后他再仔细看一眼封面，上面标着他恩赐给他儿子的名字。

他才知道他误伤了他的友军，而我则成了玷污他梦想的共犯。

8

我和编辑讨论这本书的排版时曾说："把字尽量做大一点吧，这样显得书厚、内容多，读者买来拿在手上也觉得超值。"

想了一下，我又觉得这样说似乎不太地道，又找补了几句，我说："当然了，这也是为了能让我爸那个年龄段的人看清楚书里的字。

"毕竟他真是越来越老了。"

我都感受到当我爸看到这行字时，当他得知我拿他当赚钱的挡箭牌时，当他幡然醒悟他成为我卖书的帮凶时，当他彻底明白他曾经所热爱的文学之梦如今已不再神圣时，他心里冲天的怒气。

他定会撕碎这本书，愤怒地骂道："我的混账儿子真是一个白眼狼。"

我终于失掉了我的最后一位听众

1

我的四爷爷是在我高考那年得的老年痴呆症。

他是我爷爷的四弟，住在村子的另一头，没病之前是一位十分和蔼的老人，个头不高，极黑极瘦，和宋小宝同款。他总戴着一副圆眼镜，我分不清那是近视镜还是老花镜，因为打我记事起他就一直戴着，镜片很厚，用根绳拴着，挂在脖子上。他识字，喜欢看报，总坐在院门口的那块大石头上，跷着二郎腿，一边抽着旱烟一边翻着报纸。他看报纸的时候，我就站在他对面，盯着报纸的另外一面，一字一句地念。

他放下报纸，慈祥地看着我说："是不是他们又不跟你玩了？"

我站在他对面，捏着衣角，吸了一把鼻涕，委屈地点了点头。

他抽了口旱烟："说，你啊，皮一点没关系，小孩嘛，皮一点正常，但可千万别干坏事。"

然后他又说："你好好的，以后他们会喜欢你的。"

他之所以会这么对我说，是因为我从小到大都不是个让人省心的孩子，小时候经常受到哥哥们的排挤，当然那都是因为我太调皮老给他们惹麻烦。我脾气倔，又不听话，用我叔叔的话来说就是"从小欠收拾”，大人小孩都不太待见我，甚至包括我后来的老师，他们把我的所有毛病都归结为我父亲对我的教育不力，都说我太有主意不服管教，长大了一定会吃很多亏，甚至栽大跟头。每个见识过我任性和倔强的人都斩钉截铁地说我将来绝对不可能有出息。

那时候，每当只剩我一个人的时候，我就会去找四爷爷，他会给我讲故事。现在回想起来，他讲的故事很烂，特别老套，基本上是地主和长工的斗争故事——但对于小时候的我来说，特别在无处可去的境况下，那已经是最好的陪伴了。

在他没有病之前，他的故事和鼓励一直给我极大的安慰。

2

我的任性和倔强一直延续到大学，那阵子我跟每一个叛逆的年轻人一样迷茫而冲动。

在上大学之前，我从来没有离开过我的小城。我一直期盼着有朝一日能在一个新的环境里大展身手给那些人看看，但我过于着急，眼高手低。

刚入学，我就因为一些琐事跟辅导员发生了争执，倔强好胜的我在博客里写了一篇犀利又脏话连篇的文章，狠狠地批评了她。后来被多事的同学复制到学校贴吧，还挂了我的名字。终于有一天被她看到，她在办公室里当着所有人的面，哭着发誓说让我滚蛋，说这个学校有我没她，还给我的家里打电话，一定要让我主动退学。

我的大伯知道我跟学校的矛盾后责怪我父亲，说他没有教育好我，问我为什么总要跟别人过不去，说全家里就我最不让人省心，说我只能一辈子当个没出息的小混混。于是我爸既羞愧又愤怒地在电话里骂我浑蛋，说要到郑州来收拾我，说要打得我皮开肉绽，甚至说再不要在家里见到我。

我很愤怒，想跟他们理论，但我又找不到什么理由。那阵子的我是个彻头彻尾失败的人，有家不能回。

后来我妈跟我说，要不你去你奶奶那儿冷静一阵子吧。

于是我只好回到乡下老家，在那里，终日像个流浪汉一样躺在土炕上无所事事。

我不知道该去哪里，更不知道以后还能做什么。

3

某天，我在村里闲逛的时候，走到了四爷爷的家门口，他一如既往地坐在院外的石头上晒太阳，手里拿着一份不知道哪年的报纸，假模假样地看报——那时候他已经傻了，谁都不认识。

我看了一下他手里的报纸，说："爷爷，你报纸拿反了，我给你正过来。"

他抬头看了看我，眼里满是陌生的惶恐。

我蹲在他旁边，试图跟他聊天。我说："爷爷，我好烦，他们又不理我了。"

他张开嘴，只能发出"啊啊啊"几个音节，我不知道他在说什么，权当那是他对我的回应。

我接着说："爷爷，我打算退学，我讨厌那个学校，他们太过分了，欺人太甚，我怕我再待下去会疯掉，可是我又不想就这样走，我走了他们就赢了，那些讨厌我的人就高兴了，我不想让他们那么痛快。"

他说："啊啊啊。"

我又说："尤其是我那个辅导员，要不看她是个小姑娘，我早上去抽她了。”

他说：“啊啊啊。”

我说：“你放心，我不打人，我知道，你不让我打人。可是我不知道退了学之后还能做什么。他们大人都看不起我，说我不让他们省心，说我没用，说我肯定没出息，我不信，我非得混出个人样给他们看看。”

他说：“啊啊啊。”

这时，路边走过来一个村民，他看着我说：“你咋不上学，在这逗傻老头儿玩呢？”

我尴尬地笑了笑，说：“没……没有，这不赶上天儿好，出来晒晒太阳。”

四爷爷看见了他，伸着手，“啊啊啊”地跟他打招呼。

那村民看着他说：“这傻老头儿，脑子糊涂了还知道要烟抽。”

然后他点着了一根烟，塞到了四爷爷的手里。

四爷爷枯瘦的手夹着那根烟，慢悠悠地嘬了一口，“啊啊啊”地表示满足。

……原来他刚刚一直只是管我要烟抽啊！

自此之后，我就经常找他聊天，一聊就是大半天，我跟他聊了我的生活、学习、梦想，还有我失败的爱情，我们祖孙俩就坐在那里瞎聊，不管我说什么，他都“啊啊啊”地表示赞同。

我很痛快，对当时将要20岁的我来说，在依然无处可去的境况下，那几乎是我得到的最好的陪伴了。

后来的某天，我回到学校，没记错的话应该是大一的下半学期，天已经挺热的了，那天校长找我谈话，说让我找个时间跟辅导员当面道个歉，这事就算结了。

我说：“不，我下定决心了，输人不输阵，我要退学。”

4

在我办完退学手续的那个夏天，我四奶奶过世了。这个事情来得很突然，没有一点征兆，因为四奶奶的身体素来硬朗，她一直勤勤恳恳、任劳任怨地照顾着四爷爷，谁都没有料到她会忽然撒手人寰。

我们那里，土葬的风俗依然存在。按习俗，人去世后，要先备好棺材，停尸三天，并请来吹鼓手吹吹打打，然后将棺材埋入地下。

那天，四爷爷的儿子——我的小叔，在他家院门口张罗了很大的排场，请来了市里专唱红白事的乐队，还搭了灵棚。这个不过百人的小村子已经好久没有这么热闹了，四爷爷坐在门口那块大石头上边晒太阳，边看着他的儿孙们又哭又号地烧纸磕头，竟然没心没肺地笑了起来。

村民们看着傻笑的他，嫌弃地说：“这傻老头儿，媳妇死了还这么开心。”

我蹲在四爷爷的身边，说：“爷爷，别笑了，奶奶走了。”

他“啊啊啊”地看了看我，朝我伸着枯瘦的手，笑得更开心了。

我甩开他的手，说：“你还想着抽烟？奶奶走了！”

他“啊啊啊”地叫，一脸的无辜。

我有点生气，提高了嗓门儿，说：“我奶奶，你媳妇，她死了！”

他“啊啊啊”地表示他知道了。

我很无奈，不再搭理他，垂头丧气地蹲在一旁，看着对面临时用塑料布搭建的灵棚。那里面有一张黑桌子，上面立着四奶奶的遗像，照片里的她一如往日地坚强和从容，她的前面放着一个瓦盆，孝子们跪在地上烧纸，不断有人进来咣咣地磕着头。

灵棚的外面立着两条长凳，上面摆着一口棺材，那里面装着死去的四奶奶——那口棺材是去年还是前年就打好的，用的是当时能找到的最好的落叶松，一直搁置在院里的一间闲房内——听人说这口棺材原本是为傻掉的四爷爷置备的。

忽然，有人吹响了哀乐，唢呐的声音向来凄惨而悲怨，那曲调如泣如诉，张罗丧事的人管那叫上路曲；有人开始撒纸钱了，像夏日降雪一样漫天哗哗哗地飘着；有人提着灯笼，那叫引路灯，给死人照路的；有人扛上锹，那是一会儿要去墓地填土埋棺用的。

小叔在灵柩前的空地上摔碎瓦盆，人们哭号一片——时间到了，该送她走了。

那口硕大棺材的两侧绑着抬杠，下面蹲着几个年轻力壮的人，起灵的时候，第一下竟然没有抬起来——我四奶奶不像我四爷爷那样瘦小，她很胖，又高又胖。

人们又喊了几次，依然没有抬起来。

我忽然间很迷信地想，是不是四奶奶还想最后看一眼四爷爷？

我跑过去，对小叔说：“再让我四爷爷看一眼我奶奶吧？”

旁人说：“他一傻老头儿，还能懂什么，就知道傻笑，媳妇死了，还笑！”

我说：“让他看一眼吧，最后一眼了。”

小叔用孝服的一角抹了把眼泪，抱着四奶奶的遗像，扑通一声跪在了我四爷爷的面前。

四爷爷看见人们围着他，有点害怕，身子往后缩了缩，一直傻笑看热闹的表情突然凝重下来，他先是瞅着那张黑白照片上的脸圆乎乎的老太婆，然后他下意识地抬起了那双枯瘦的手，用指甲盖敲着照片的玻璃——他是在尝试去摸她的脸。

他摩挲着她的遗像，他想到了什么呢？他可能想到了他们初次相见的场景。那应该是一个不太浪漫的日子，他在媒人的介绍下跟她见了面，他当时可能还是个文弱书生；他可能想到了他们的第一个孩子，他开心地抱着我那光着屁股的小叔，同时又担忧着床上的那个女人的安危；他可能想到了他们辛苦劳作，为生计忙碌，却又不知何去何从的每一天……

时光飞逝，万事已成蹉跎，转眼间相濡以沫的两个人都鬓角斑白，一个先于另一个与世长辞。

四爷爷一生内敛含蓄，甚至可能从来都没有对四奶奶说过一句"我爱你"，他可能想到了这些遗憾，也可能他有更多的话想对她说。

说些什么呢？

说那些他没傻之前，未曾想到去说的话。

说那些她活着的时候，他没好意思说过的话。

但现在的他已经永远没有机会开口了。

他忽然就哇哇地哭了起来——四奶奶离世突然，家里人都忙着张罗她的后事，已经很久没有人给四爷爷洗过脸了，大颗大颗眼泪夹杂着浓稠的涕液和脸上的灰，变成了污黑的泥水，滴在了我刚帮他摘下来的眼镜上。

他这才意识到，那个一边嫌弃他一边伺候他的女人已经真的不在了。

他边哭边去扒那个遗像，没法子，人们只得七手八脚地把他拖回屋内，而另一边有个人试着提了一把棺材的抬杠，竟然轻易地就抬了起来。

看来我的四奶奶终于可以安心地走了。

5

半年后的深秋，我在郑州的大街上游手好闲地晃荡着，那天是光棍节，街上挺热闹的，但我却不太开心，因为我刚炒了我老板的鱿鱼。他以极低的薪水忽悠我给他干了几个月的活儿，却又嫌我干得不好，我跟他吵了一架，背着铺盖卷还拎着一条湿漉漉的秋裤——那是我刚用他家的洗衣机洗的，那破洗衣机的甩干功能完全是摆设，可没办法，我筒子楼里的家潮得跟下水道一样。

那天我妈给我打了十几个电话，我都没接。我不想接，我当时心烦意乱，状态糟糕透了。我不敢接，接了要说什么呢？说我又跟人吵架了？说我已经20岁了还这么任性、叛逆、不成熟吗？说我因为一时冲动而失去了工作？

可是她又打来了，没办法，我终于不知所措地接了，果不其然，又是那些陈词滥调。她问我工作怎样了，生活好不好，缺不缺钱，实在不行她再去那所学校求求情，给那个辅导员送点礼，求人家让我回去上课，让我争取混个文凭，将来好找工作。我保持耐性听完了之后，说：“妈我现在很忙，你要是没别的事我先挂了。”

我妈顿了一下，说：“对了，你四爷爷也过世了，就上周的事，人已经埋了。”

我脑子嗡的一声，差点儿晕倒，心里乱成一团，各种悔恨。没想到，我竟然因为一时冲动，连他的最后一面都没有看到。

原来，在四奶奶离去之后半年不到的寒冷深秋，我那傻得透彻的四爷爷，终于受够了一个人苟活于世的无奈和对爱人的思念，在夜里安静地去了。

寒风凛冽的午后，小叔刨开了刚埋了半年不到的坟包，把他们合葬在了一起。

我又想起了我的小时候，在那个被哥哥们排挤的深秋黄昏，四爷爷一如既往地坐在那块石头上看报，我就站在他对面，盯着报纸的另外一面，一字一句地念。

然后他放下报纸，慈祥地看着我说："是不是他们又不跟你玩了？"

我朝他点了点头，说："爷爷，我好烦，他们又不理我了。"

他感叹说："你啊，皮一点没关系，别干坏事就行。"

然后他又说："你好好的，以后他们会喜欢你的。"

你好好的，以后他们会喜欢你的。

我包装了二十年的坚强和自傲在那一刻终于全部坍塌，我像个脆弱的小孩，瘫坐在马路边，号啕大哭起来。

至此，我终于失掉了我的最后一位听众。

他们约好毕业以后绝对不分手

2014年2月22日，在那个许多“二”的日子里，我去郑州参加了大学同学翟爷和阿娇的婚礼。我曾在很多文章中提到过他们，因为在我短暂的大学时光里仅存下了这几个名字。如果有可能的话，我倒是希望多怀念怀念那段在郑州的日子——虽然至今我对那座给我带来许多挫败感的城市好感度依然为零。

1

翟爷是我的大学室友，来自栾川县城，我高二时曾在那儿待了一个月写生，对那里的山山水水很有好感，所以我爱屋及乌地跟他有一些熟络。

现在想想，当时的他是个很有格调的文青，特别喜欢看很深奥的书和电影，例如贾樟柯的《小武》。他经常在宿舍放着让人昏昏欲睡的片子，每次我看到十分钟左右就睡着了，醒时发现他还在看，一边看一边介绍给来我们宿舍串门的哥们儿说：“你看这片子真好看啊，是不是？”

看书的话他也要看与心理学和设计学相关的书，心理学的书我到现在都看不进去。记得有次跟他一起去图书馆，他挑了一大堆书塞给我，郑重推荐我看其中一本叫“积极心理学”的书，说看完后会提升我的幸福指数。我拿起来煞有介事地翻了几页后，并没觉得幸福指数有什么提升，倒是哈欠连天。对我来说那书真的太无聊了。

他的老婆阿娇，是我们班的一个女孩，郑州本地人，人缘很好，非常善良，且不计得失。我想，哪怕后来她没有跟翟爷在一起，我应该也会想到她，因为她确实是个非常好的人。

他们在一起时并没有第一时间告诉我，我是从另外一个同学那儿听来的。当时我已经到北京工作，朋友在网上告诉我时，我说："真的假的？靠谱吗？"他说："应该是。"

我一边鄙夷他的八卦精神，一边提起八卦精神在QQ上问翟爷，可他一直含糊其辞地说只是朋友，从来没有正面回答过我。

现在想想，他并不是不想回答，只是对自己的未来和对他们的未来都不太有信心吧。

直到某天，我回郑州办事，翟爷说他去火车站接我。我出站后看到他和阿娇牵着手在门口等我，俩人见我后都不太好意思地笑了笑。我说："这有啥不好意思的，我早知道了，祝福你们，我由衷地为你们感到高兴。"

还有一点点担忧——我在心里补充道。

2

翟爷跟阿娇的感情路如大多数人所料的那样走得坎坷，尤其是翟爷的农村户口和对故乡难以割舍的情结给他们的感情带来了许多困难。

他私下对我说，他觉得他们的感情大概不会有结果，因为工作和生活都是未知数，他没想好是留在郑州还是回老家去。如果留在郑州，那他要靠什么生存？如果回栾川，在良好环境里长大的城市姑娘又是否愿意跟他回到那个小县城里生活，即使她愿意，他又是否真的忍心让她过那样的苦日子？

这些话我早已经听了不下千百遍，在我没有退学的时候，翟爷就经常在宿舍里跟我聊以后何去何从的无聊问题。他说他终究是要回到那个小县城里的，因为那里有他的父母和童年的回忆。

我不解地问他："为什么你总要去纠结那么遥远的问题呢？无论以后去了哪里，童年的回忆都在那儿，纠结于过去是毫无意义的事，人总得往前看，何况我们才20岁。至于以后何去何从，没有人知道，但无论我们去哪儿，都是为了过上比以前更好的生活，不是吗？"

我向来是个不愿花时间琢磨去留的人，既然大城市的生活比小县城的强，那就不用纠结这道答案明显的选择题，我有一千万个理由赞成他留下。可是他听了我的话后依然无动于衷，他又找补了一千万个不留下来的理由，说来说去无非还是遥远的未来和迷茫的生计。我说："这种事我也无解，我这么一个误入歧途的退学青年给不了你什么高深的结论，而且我相信也不会有别人能给你答案，因为这本来就是需要自己去慢慢感悟体会的，谁也没有办法给你一个真正行之有效的方法。"

我俩就这样你来往我地争辩着，辩着辩着，我忽然意识到了他内心最深处所介意的那一点点东西，我终于晓得，在他一直强调的生计压力下其实包裹着另一样不好让人知晓的小情绪，就是关乎男人脸面的入赘不入赘的问题——虽然他从来没有跟我明说，但我知道他心里一定非常介意——如果留在郑州，则不可避免地要跟阿娇的家人一起生活，甚至要把户口也迁过去。这对于一个从小接受传统教育的农村男孩来说，似乎确实是一条不可触碰的道德红线。

于是我继续给他灌迷魂汤，我说："两个人在一起，不就是为了给彼此更好的生活并组建一个幸福的家庭吗？为了获得某些东西就一定要割舍某些东西，就像我，我为了幼稚的自由和可笑的自尊而放弃了学历和文凭，而你也需要为了你跟阿娇的爱情挣脱传统思想的束缚和遭受一部分卫道士的白眼，要么抛弃脸面，要么放弃感情，你总归是要做出痛苦的选择。而跟谁的父母一起过，或是留在谁的家里生活，这事有那么重要吗？毕竟真正过日子的是你们两个人。"

当然，现在想来，我当时能够轻松地说出这种话，也可能只是因为置身于事外。

我慷慨激昂的连哄带骗对他起到了一点点作用，于是他渐渐下定决心要留在郑州工作，并跟阿娇商量，打算一毕业就正大光明地把这段感情公开。

3

那次见面之后，我继续回到异乡，忙于生计，而他俩也按部就班地毕业找工作。某天深夜，翟爷忽然给我打来电话，电话那头，他用撕心裂肺的哭腔痛斥着这个世界的无情和枉而为人的无奈——我知道，抉择他俩命运的一天终于来了。

原来，就在他刚找到工作的那个月，他花了大半的积蓄筹备了一场在他看来十分隆重的饭局，邀请阿娇和她的家人赴宴。两个勇敢的年轻人要鼓起勇气在这个宴会上向他们的家长公布恋情，并期许得到小小的祝福。

在饭店昏暗的包间里，翟爷迎来了二十多年来最紧张也是最残酷的一刻。他的对面是阿娇以及她的父母，旁边还有她的姐姐和姐夫。这几个年长的城里人打量着眼前这个刚找到一份月薪1000块钱工作的穷酸少年——农村户口，而且在郑州落叶无根，目前住在筒子楼里，这与有车、有房、有高薪工作的阿娇的姐夫形成了鲜明的对比。翟爷自惭形秽，他说他觉得自己像是一个刚从臭水沟里钻出来的流浪狗。

阿娇的父母百思不得其解，从小娇生惯养的好闺女到底是看上了这个一无是处的乡下人哪一点。他们大发雷霆，当即就要离席，并严肃认真地表达了要这对年轻情侣分手的意愿，甚至说出了要是不分手，阿娇就永远别回家的气话。

众人离席，只剩下他傻愣在包房里，看着一桌子花了半个月工资点的高价菜没有任何胃口，他试图就着酒水饮下巨大的无力感。

他这才清醒地知道两个人要在一起生活，不仅仅要靠单方面舍弃尊严和脸面，还要面对因物质匮乏而带来的那股巨大阻力。

4

他在电话那头哭诉了很久很久，仿佛把他毕生的眼泪都流干了之后，他抽泣着说：“我还是不能跟她分手，可是我该怎么办？”

当时我本想劝他放弃，不是自己的就不要勉强，因为在没有钱的困境面前，我们没办法一夜暴富。可是我怕他会难过到想要自残，我远在几百公里外的北京拦不住他，而且劝和不劝分永远是个天然定律，于是我如同安慰一个绝症病人一样哄骗他说千万不要放弃希望，感情本来就不是一帆风顺的，总是充满了各种艰难坎坷……

现在想想，我真的很庆幸当时没有劝他放弃。

5

他们对感情并未死心，他俩瞒着家人偷偷交往。某天，这对勇敢又冲动的年轻情侣，竟然偷偷地去领了结婚证——那真是一个极其疯狂的举动。那时，我正在为一次工作的变动而焦躁不已，当他在网上告诉我这个消息时，我并没有假兮兮地给他送去祝福。我大吃一惊，说你们怎么如此冲动，这是对你自己不负责，也是对她的不负责，我问他要怎样面对领证之后的生活。

他被我狭隘的个人情感泼了一盆冷水，之后好长时间都没再跟我有过联系。

一年多之后，我们又恢复了联系，彼时的他已经被生活的压力折磨得五迷三道，如何才能够赚到钱成了永恒的话题。他说他不要很多钱，能让他在郑州买房买车买尊严就行，再不济，够他办一场风光体面的婚礼也行。

我知道，他一直对她有愧疚，他欠她一场风光体面的婚礼。

6

熬过了刚步入社会的艰辛之后，他终于迎来了那一天。没记错的话，那天是他们结婚三周年纪念日，他如愿以偿地为她补办了一场体面风光的婚礼。

大婚的前一天，我陪他跟婚庆公司的人一起布景彩排，大家忙到夜里十二点多才休息。打发走婚庆公司的人之后，我们坐在酒店门口的台阶上聊天，我问他到底花了多少钱，他掰着指头算——去青岛拍了婚纱照、把一大帮亲戚从老家接过来住宾馆、请婚庆公司、订婚宴酒店，等等，算了半天他甩开手说："得了得了不算了，反正就好多钱，还欠了一屁股债。"他说这话的时候，脸上一半是轻松一半是沉重。完事他又说："接下来我还得在郑州买个房呢。"

他满脸皱纹，黑眼圈深陷，感觉比我老了二十多岁，丝毫没有同龄人的朝气，像一条背负着沉重生活压力步履蹒跚地走向幸福的老狗。

婚礼半年后，他们有了一个可爱的孩子。孩子满月的时候我们见过一次，他挂念的还是钱。虽然我觉得他又老了很多，但我能感受到如今的他很享受这种美满幸福的生活。

每当我看见他在朋友圈刷孩子的动态时，都能想起那段我们在筒子楼里不舍得开灯、用开水煮白菜、畅谈未来的黑暗时光。

7

我们总是听说毕业季就是分手季，有很多冠冕堂皇的毕业就分手的理由。

例如，因为现实生活和校园生活差异太大而分手，因为毕业之后工作的不确定甚至可能要异地恋而分手，因为幻想工作后一定会遇到比现在这个更优秀的人而分手，因为见识了更丰富的世界导致三观变化而分手，因为谈婚论嫁时家长不支持而分手，因为从相识到毕业已经厌倦了彼此而分手……

毕业是否真的就意味着分手？

我想，这个我拍着胸脯保证真实的故事可以给你们一个答案。

如果你们毕业那天分手了，或许只是因为你们不够爱罢了。

我生命里的 103 号漂亮女生

毕业离校的那天早上，猪头告诉我说他昨晚做了个梦，梦见他和那个我依然记不住名字的103号漂亮女生去听一场演唱会，梦里人非常多，他们被人流冲散了，之后他找了她一夜，也没有找到她。

我想了一下，说："我可能知道103号漂亮女生在哪里。"

他叹了一口气，说："没必要了，反正我也要走了。"

说完，他坐上了回老家的大巴车。

1

在我们宿舍里，老大最喜欢欺负猪头，整天对他吆五喝六的。食堂打饭、小卖部买烟、校门口收快递这些事都得让猪头替他去跑腿。猪头倒也任劳任怨，从来没说过一个不字，只是偶尔在他辛苦交差之后，会小声地建议道："老大啊，你让我跑腿我没意见，但能不能别老'猪头猪头'地叫我，这样有点不太礼貌，太难听了。"

老大思考了下，说："确实，不能因为人长得像什么就管他叫什么，这样的确不太礼貌。"

猪头使劲儿地点了点头，表示赞同。然后他拉了下帽衫，把他的脸拽得瘦长，特别像一个器官，于是，老大说："那以后不叫你猪头了，叫你龟头吧，别说，你其实长得并不是那么像头猪。"

猪头犹豫良久，如猪吃食一般的吭哧吭哧地说：“那还是叫猪头吧，这个名字挺好的，挺好的。”

某天，猪头请假回家，不在宿舍，老大只好使唤我去给他跑腿买烟，我屁颠屁颠地拿了钱买回来，老大抽出一根嘬了几口，说：“不对味儿，你是不是昧我钱了？”

我说：“天地良心，7块钱的硬装云南红塔山，经典1956！小的吃了熊心豹子胆了也不敢从你这儿贪钱。”

老大又嘬了两口，遗憾地说：“唉，还是猪头买的烟有味儿。”

一周后，猪头回到宿舍，又担负起了给老大跑腿的职责，老大抽了一口猪头买回来的红塔山，欣慰之情溢于言表：“就是这个味儿！真有滋味！”

我实在抑制不住我的好奇心，悄悄地问猪头：“为啥咱俩在一个小卖部买的烟，味道还能不一样呢？”

猪头若有所思地看了我一眼，说：“嘘，别让老大知道啊，其实……我把给他买的烟嘴上都拿尿泡过！”

我扭过头去看躺在床上趾高气扬吞云吐雾咂巴着嘴说“真有滋味，真有滋味”的老大，顿时汗如雨下。

怪不得老大总抱怨学校小卖部的烟越来越潮了呢。

2

抽完饭后烟，老大会带着我们去校文体室跳交谊舞，不过我跟猪头这两个愣头青哪懂什么快三慢三啊，就知道这里可以肆无忌惮地拉小姑娘手摸小姑娘腰，是个耍流氓不犯法的地儿，毕竟这也是我们枯燥的大学生活里的唯一调剂。

但说归说做归做，真正能进舞池耍流氓的都是老大这种俊美又少年老成的奇男子，我们这帮童子鸡总归太嫩，每次就只能当他的啦啦队，搓着手远远地站在舞池外面眼巴巴地看着他对各种好姑娘上下其手，看得人口干舌燥直想回家喝奶。

有天，猪头终于忍不住了，他再也不甘心只做个看客，他问我上不上，我吸了一口酸奶，猛地摇头。他骂了我一声㞞，然后趁着一曲慢三结束时向一个女孩猛冲过去，拉着手就要跳，好似饿虎扑食。

那女孩脸圆圆的、肉嘟嘟的，大眼睛水汪汪的，像未成年，但是胸部，大如排球。

第一次出手就盯上了这样的童颜巨乳，我觉得猪头也一定是想喝奶了。

他又是鞠躬又是哈腰，手脚并用地赞美她的美貌和智慧，但是她只微微一笑，对他的热情表示感谢，然后以“跳累了需要休息”为由拒绝了猪头的盛情邀约。

可猪头并没有气馁，之后的几天里，他次次都冲进舞池邀请那个女孩，而那个女孩也非常给面子，坚定到视死如归地次次都拒绝了他。

屡次被拒之后，猪头十分扫兴。那夜，我们躺在宿舍里，猪头又抱怨起那位，他吭哧吭哧地说：“明天，明天我一定霸王硬上弓，把她上了！”

老大躺在床上嘬了一口被猪头的尿泡过的烟后，教育他说：“猪头，知道你为什么没有妹子吗？就是因为你太粗暴了，泡妞得讲究小桥流水，让她觉得如沐春风，这样啊，才能得手。”

之后他就开始向我们吹嘘他的感情史，哦不，打炮史，说他怎样地御女无数，曾经有多少凹凸有致蛮腰丰乳的少女拜倒在他的开苞神功下。他讲得十分形象，听得我想入非非口干舌燥又想喝奶。

就在我想入非非的时候，窗外忽然响起了鬼哭狼嚎的摇滚音乐声。我趴在窗台往下望，又是学校里那支该死的非主流乐队在发骚，那乐队的名字很贱，叫“不管三七”。每次一提到他们名字，我就觉得话没说完……你们就不能直接叫“不管三七二十一”吗？！

“不管三七”的主唱煞有介事地握着麦克风在操场上唱着摇滚苦情歌，旁边两个小跟班也煞有介事地弹着一把破琴，那台旧音箱的线可能有点接触不良，声音断断续续，时有时无，有一句没一句，就跟他们乐队的名字“不管三七”一样，听着就让人上气不接下气只想来气。

他们的声音越放越大，彻底打断了老大滔滔不绝的御女史。老大很恼怒，从床上跳下来，抄起拖把出了宿舍，说这帮人砸场子来了，大晚上的还能不能让人安安静静地说点床前夜话了？

于是我们穿好裤衩背心跟老大走出宿舍准备干架，走下楼后才发现这帮人半夜不睡觉折腾这么大动静竟然是为了玩浪漫，地上散落着玫瑰花瓣和摆成了心形的蜡烛，原来是“不管三七”的主唱在向某姑娘表白。他油头粉面，打扮得一身骚气，手里举着一大束玫瑰深情地望着女主角，围观的好事群众喊着答应他答应他快答应他。

而被表白的女孩，就是猪头总是追着跳舞的那女孩，她的小脸红得像刚挨了揍的屁股。她忽闪着无辜的大眼睛，摇着头，推搡着主唱送花的手，拒绝他的样子跟拒绝猪头如出一辙。

我看了一眼身旁的猪头，他鬼子进村一样地双手举着扫把，仿佛那是一把大砍刀。他瞪着血红的眼睛，好像在看潘金莲跟西门庆乱搞——他可能把自己当武大郎了。

这时有几个好事的围观群众开始调戏他们说“亲一个亲一个”，乐队主唱也没有辜负众望，厚着脸皮拉着她就要往自己的怀里塞，嘁着一张大嘴就要往脸上亲。

老大本来就憋着一肚子火，又看到这小子大庭广众之下要流氓太嚣张，冲上去就朝他踹了一脚，之后猪头也跟着一扫把盖过去。场面变得更加热闹，混乱中不知道谁从地上拾起来一块窑砖，拍在了猪头的脑袋上。

见了血，人群嗡的一下散了，可猪头无动于衷，他如武松打虎一般地边流着血边骑在那个主唱身上，对他又抓又挠，骂着他的各种娘和祖宗，像个打算杀身成仁的战士。

而那个女孩吓得脸色惨白，呆呆地站在旁边不知所措——可能从来没有这么多男人为她打过架吧。

3

因为这事我们都被记了大过，尤其是猪头，还挂了彩。于是那年暑假，为了不回家挨揍，我们就整天窝在宿舍里打游戏。那个夏天燥热难耐，但比夏天更燥热的是人们的情绪，当时有一个叫“漂亮女生”的比赛在我们市海选，街上都是袒胸露乳的宣传海报，看得人又一次地很想喝奶。

某天下午，我们本来约好了联机打游戏，忽然猪头从外面提回了一斤猪头肉和一件啤酒，霸占了宿舍里唯一的一台大屏台式机，还非要拉着我跟老大陪他一起蹲守在屏幕前看网上回放的“漂亮女生”海选。那个比赛太无聊了，一帮奇形怪状的女生在镜头前扭扭捏捏丢人现眼。我看着视频屏幕右下角写着“到医院，就怀孕，今天去，明天生”的小广告一边浮想联翩，一边打着哈欠昏昏欲睡。

在又一个出洋相的女孩被刷下来之后，猪头忽然很激动，猛拍我跟老大的肩膀说，快看快看她出来了。我揉了揉眼，看到屏幕上出现了那个我们曾经为她打过架的女孩，她轻飘飘地走上台，唱了一首《挥着翅膀的女孩》。

五个评委，亮了三盏灯，晋级。

猪头高兴地差点儿把键盘都拍碎了，仿佛视频里是一头会唱歌的母猪，他指着显示器问我们：“厉害吧厉害吧厉害吧？”

那得意的神情，不知道的人还以为他成功分娩了呢。

老大往嘴里塞了一口花生米，说：“你小子，能行，好福气！”

老大的这声“好福气”更让猪头幸福到冲昏了头脑，他甚至直接把“好福气”理解成了“好夫妻”，当晚就带着我们下馆子胡吃海喝，还送了老大一整条红塔山——而且是没有泡过尿的。

我们边吃边向他敬酒，祝他跟她百年好合永结同心早死早超生。

那年的“漂亮女生”选秀为了圈钱，联合手机运营商施行短信投票机制。于是，那个暑假，猪头花光了身上的所有积蓄，承包了门口小卖部所有的电话卡。而我们每天的工作就是守在电脑前发短信给那女孩投票，虽然她的名字我一直都想不起来，但就记得她的编号了：103号。

每当抠开一张10元面额的电话卡，想到这10块钱可以买一碗刀削面外加两个荷包蛋还有得找时，我咽了一口吐沫。

我问猪头说：“你这样做值得吗？毕竟你在她的人生里，终究只是个观众，连个过客都谈不上。”

猪头说：“不，我在排队，她的人生里可能会遇到很多很多人，但只要我肯排队，早晚会有轮到我出场的那一刻。”

老大否定猪头说：“拉倒吧，你这不是排队等出场，你这顶多只能算是排队买票参观——还得是黄牛站台票。”

不过很可惜，猪头那点微薄的积蓄终究还是不能把女孩送往星光大道，103号女孩的星途最终止步于20进10的那一场比赛，短信投票大比分落败垫底，输给了李春春、周笔笔、张靓靓和何洁洁等人。

她被淘汰的那一夜，猪头喝得醉生梦死，他站在宿舍楼顶摔碎了一个又一个的啤酒瓶，痛骂了李春春、周笔笔、张靓靓和何洁洁的祖宗十八辈，说这见鬼的比赛一定有黑幕，说评委有眼无珠昧良心。

我说："猪头你这话骂得太难听了，人家李春春、周笔笔、张靓靓和何洁洁能走到今天靠的是实力而不是背景。"

猪头向我吐了口浓痰，问我有没有良心，让我把吃他的喝他的都给他吐出来。

我没搭理他，转过头问老大说："猪头这个傻瓜，就算人家当上了大明星，这跟他又有什么关系呢？"

老大嘬了一口泡过了猪头的尿的烟，说："你不懂，这就是爱的滋味。"

我看着他吐出的烟圈，没感觉出爱的滋味，只闻到一股尿臊气。

4

暑假过后，103号漂亮女生再也没有来过学校，传闻她签了演艺公司，北上发展了。于是为伊消得猪憔悴，猪头一下瘦了二十斤，皮包骨头，活像一根会移动的猪肋条。

这根会移动的猪肋条每天依然游走在宿舍和文体室里，看着每一对跳快三慢三的痴男怨女们，祥林嫂一样地咒骂说黑幕黑幕都是黑幕。

大四时老大提前宣布自己毕了业，他找了一份地产销售的工作，每天西装革履，梳着大背头夹着小包人模狗样。偶尔，他会良心发现带我见见世面。我做他的小跟班蹭吃蹭喝乐得逍遥，一如当初他带我们去文体室里看103号漂亮女生被别人牵着手搂着腰跳快三慢三。

而这次则没有了猪头。

瘦成了猪肋条的猪头终日泡在宿舍里一边碎碎念“黑幕黑幕”，一边矫枉过正地追着各种选秀节目里长得像103号漂亮女生的选手，宿舍里贴满了她们的海报，猪头对这些女孩如数家珍。

那天晚上，老大公司邀请一位广告公司的老总吃饭，我又跟着他去蹭饭。那场饭局在市里很有名的五星级饭店——太平洋大酒楼里举行。我一进酒店大堂，就像个土鳖一样啧啧感叹说：“真大真大啊！”

老大白了我一眼说：“你能不能不要表现得像一个刚进城的小保安？真是丢我们公司的人。”

广告公司的老总顶着一个“怀胎九月”的大肚子姗姗地推门而来。我们赶忙起身鞠躬准备敬酒巴结，谁知刚一抬头就看见老总身后带着个女孩，面容幼齿，但胸部大如排球，尤其是在紧身衣的包裹和围剿下，呼之欲出。

是许久不见的103号漂亮女生。

老总刚入座就一边喝酒一边给我们吹牛，说他最近又做了几千万的大单子，又跟哪位领导喝过酒搓过澡捏过脚，喝到痛快了又向我们炫耀说身边这个刚认识的小姑娘能歌善舞，以前还参加过一个什么叫漂亮女生的选秀节目，然后他就怂恿她给我们现场表演助助酒兴。

103号漂亮女生好像特别不习惯这种场合，她羞涩地拿着麦克风，咳嗽了两下，开始唱歌，又是那首《挥着翅膀的女孩》。她刚唱两句，老总就恼怒地拍了下饭桌说：“你就不能唱点喜庆的歌吗？！整天哭丧着脸唱这种丧气歌，一点都不吉利，快给我换首《爱情买卖》！”

她吓了一跳，身子抖了一下，赶忙改口唱《爱情买卖》：“出卖我的爱，逼着我离开，最后知道真相的我眼泪掉下来……”看来老总很喜欢这首歌，毫不避讳地搂着她的肩膀，一会儿掐掐她的脸，一会儿捏捏她的胸，跟着她的歌声手舞足蹈，扭着他的肥腰伴舞。

她唱着唱着就流出了泪，她那一脸的无助似曾相识，让我想到了猪头为她敲碎了脑壳的那一夜。

我看了眼身旁的老大，他咬着牙憋着一肚子的怒气，脸上却洋溢着违心的笑容，拍着手叫好。

看来今晚再不会有人为她打架了。

那顿饭大家吃得不算愉快，席间充满老总的呵责和咒骂声，103号女生哭得梨花带雨，而我跟老大缩着脑袋一个屁都不敢放，夹着尾巴像两个没见过世面的小保安。

从饭店出来，我对老大说：“你不是喜欢看猪头笑话吗？你回去把今晚的这首《爱情买卖》讲给猪头，可够你笑话他半辈子的了。”

老大被萧瑟的寒风吹得后脊背发凉，他收紧了外套，点了根自己买的7块钱的硬装红塔山，看着身后霓虹闪亮的大酒店，说：“算了吧，人家只是点儿背，被咱们撞见了，这事咱俩都别告诉猪头。”

我知道老大的意思，103号漂亮女生运气不好，无意间被我们看到了她人生里最难过不堪的一段时光。没有人知道她退学之后都经历了什么，就好像没有人知道自己曾在别人的青春里留下了怎样的印迹，毕竟终究我们都只能是彼此生命里偶尔拔刀相助偶尔冷眼旁观的过客。

时光真是残酷又无情，它可以让一个痴情的男孩学会放手，也可以让一个只会拒绝的女孩学会隐忍，还可以让一个曾经满是冲动血性的汉子变成个跟我一样的屄货。

那一夜我仿佛触摸到了一滴风中的泪，不知是老大的，还是猪头的，也可能是103号漂亮女生的，又或许是每个在青春里身不由己的你和我。

可是很奇怪的是，时至今日我回想起103号漂亮女生，想起的不是在舞池里她轻盈优美的身姿，也不是猪头为了她头破血流的窘状，却是老大从饭店里走出来时一直嘀咕的那句话，他一直捏着拳头捶着腿低声地对自己说：

“我现在怎么就屄了呢，我现在怎么就屄了呢？”

求生的鱼

1

我曾经有过一段无比庸碌的失败时光，在那个令我印象深刻的200×年的很长很长的夏天里，我霉运不断。

因为一时冲动而退学的我在学历至上的大环境里四处碰壁，就在我为找不到工作而烦心的时候，又因一次匆忙面试而丢了钱包。那是我女朋友送的，上面印了个猫的图案。丢包我其实不心疼，因为那猫画得挺丑的，只是念着感情才每天带着，令我无比难过的是钱包里装了我不到500块的所有积蓄。

破财并没有消灾，几天之后，连那个送钱包给我的女朋友也一并被人撬走了。我每每跟人讲起这段往事时，他们都会很诧异，说是哪个家伙这么有能耐，既偷你钱包还搞你女人。

那时候我的生活一塌糊涂，终日迷迷糊糊地跟一个同学在五六平的筒子楼里过着日夜颠倒的生活。

在无聊的上网间隙，我会给我的前女友发短信，内容基本上是酸兮兮的对旧情的不舍和吃了吗、睡了吗、饿不饿、渴不渴之类虚情假意的问候。可她绝情到犹如灭绝师太般一条都没有回过我——有时候我们做了很多事情自以为是在感动别人，其实只是为了感动自己。

我明白这个简单的道理，但依然忍不住，贱骨头作祟地点开那个号码，看几眼以前曾有过的荒唐时光，我想不明白她是怎样在一夜之间把两年半的感情断得干干净净的。

她很喜欢猫，但是猫爱吃鱼，而人们常说鱼的记忆只有七秒，所以我想她的前世可能是一条健忘的鱼。

2

我日夜颠倒，只是为了在外人面前展现我的劳苦功高，其实我每天在电脑前人五人六地忙来忙去的没一件是正事，纯粹是在消耗时间。我很迷茫，我不清楚自己想要什么，也不知道自己还能做些什么。

那时候我有个朋友在北京工作，他一直鼓励我去北漂，说外面的机会更多一点，一定有能够适合我做的事情，但是我下不定决心。

我不想见人，尤其是在白天，大太阳照着，感觉自己赤条条的，容易被人看得透彻。我不想被人看穿我的无能和慌乱，我试图狠狠地包裹自己，因为一旦表现出来，就会被人解读成一种懦弱、幼稚和不成熟，于是我只好逃避，装作很忙的样子。在外人看来，我很忙很充实，其实冷暖自知，我只能在每个夜里暗自讨厌这样不成气候的自己。

我也像一条鱼，被扔在大太阳底下暴晒烘烤，奄奄一息。

3

终于熬过了燥热的夏天，之后的秋天很短，短到我都没有时间去感慨秋日应景的寂寥，郑州就入了冬。我们租的筒子楼里没有暖气，同学嫌冷，就回了宿舍，留我一人坚守阵地，又变成了无事可做的孤家寡人。那该死的破屋子潮得要命，无论什么时候一摸被子都是湿乎乎的，没有一块干的地方，我总感觉再归置一下就可以搞点副业种种蘑菇了。

很少出门、缺乏阳光直接导致我抵抗力变得特别差，于是在某个飘雪的冬夜里，我理所应当地发了烧。本来想熬一熬，结果熬了三天之后我的头沉得已经连走路都成了问题，无奈只好去医院输液。可输一瓶要80块钱，一个疗程下来，我可能这个月就没钱吃饭了，想到我目前没有工作、没有收入、无依无靠、孑然一身的状况，我跟大夫说不输了。

我扶着墙一步一步走回家，走到楼下的时候我路过一家贴满壮阳避孕小广告的山寨药店，花5块钱买了几包没有包装的散装退烧药，反复确定了那个满口黄牙的猥琐老板给我的药片不是毓婷、泻立停之流的货色后，我毅然决然地吞了进去。爬上筒子楼到家后，我收拾出所有能穿的、戴的、裹的、盖的玩意儿，全盖在身上，袜子不管洗的还是没洗的都套上，光内裤我就穿了三条，还戴了顶棉帽子，我把自己裹得跟因纽特人一样，才敢慢悠悠地躺下昏昏睡去。

其实那一夜我都没怎么睡着，我捂得不透气，一个劲地发汗、胸闷，我蜷缩在湿乎乎的床上，感觉自己好像真的快要挂了，我甚至已经想到过几天房东来收房租时，看到床上躺着一个已经湿透了的因纽特人的尸体时惊讶的表情了。

我一边发着汗一边感慨着生死，我想到了我无成就的人生，想到了繁杂琐碎的麻烦生活，想到了赚不到钱的无奈，想到了混乱的人际交往和跟谁都不能坦诚相待的窘迫，想到了那些铺天盖地迎面而来让我手足无措的杂事……

我心想或许这样默默无闻地死掉也是一种解脱，反正我也无路可走，不如就此了结了无生趣的失败人生。

可是转念一想，我才20出头，怎能这样死去？轻生的人是最没有出息的。我有点怕，尤其是在这么黑又这么湿的环境下。我以前虽然怕阳光、怕被人看穿，但现在，生命垂危的我更害怕那种深不见底的黑暗和无边无际的寂寞。

在我迷茫于生死的界限时，我终于迷迷糊糊地睡着了。

4

我忘记第二天是什么时候醒来的，总之在确定房东这辈子也没机会看到一个已经湿透了的因纽特人的尸体时，我愉悦地笑了。我终于无病一身轻地活了下来，只是经过一晚上的发汗，整个床如一片汪洋。我那时候真的怕人有忽然来找我，我要怎么跟他解释潮湿的床单呢？

我决定出去走走，透透气。

刚走出筒子楼的大门，就看到墙上公告栏里贴着的一张张招工启事——以前我心高气傲，是瞧不起那些打杂的零活的，不过大病初愈的我心情不错，就随便瞅了瞅。

看了一会儿，我发现有一个还不错，说是有一家影楼要找个修图工，我决定给他们打个电话试试运气，可是当我拿起手机准备打电话时才意识到：

因多日的与世隔绝，我那山寨手机早已欠费停机。

但是我没有放弃，反正闲着也无聊，我打算直接坐车去影楼，顺便给手机充点话费。

那家影楼在金水路的某个小区里，我找得不算费劲。那天我表现得还行，给他们简单地修了几张图，老板竟然很满意，拷给我一堆照片，一张10块，算下来差不多能挣500块钱。我接下了那笔单子，拿走了300块定金，那是我那大半年来唯一的收入。

回来的路上经过二七广场，站在那条号称亚洲最长最美、耗资一亿多元修建的环状步行天桥上——以前每次路过这里，我都不会驻足观看，但今天，我心情不错——哼着小曲靠在栏杆上，目之所及都是风景。我看着来来去去的汹涌人潮想，人群里是否有跟我一样丢了钱包的、失了恋的、没有工作的、一穷二白的，甚至无家可归的人？

我忽然觉得，在这个世界上，每个人都或多或少地在经历着各种磨难，每个人都是一条鱼，有的人在水里悠闲地游着，而有的人则在岸边拼命地挣扎着。

5

就在我思考着人生的幸与不幸之时，我忽然看到了我的前女友，她正拉着她男朋友的手逛街。他们俩穿着情侣装，提着大包小包，光鲜亮丽地从商场里缓缓走出，悠悠地经过我的身边。那时候我已经很长时间没剪过头发了，刘海儿耷拉下来遮住了大半张枯黄的脸，我的衣服也很脏、皱巴巴的，看起来就像一个要饭的。

我苦笑了下，真是造化弄人，河南省有一亿人口，偏偏让我在这狭小拥挤的过道上遇见了他们。

我曾设想见到她后我会毫无顾忌地冲上去抱着她痛哭流涕，或者充满怨恨地指着她的脸沿路骂街，甚至可能会直接跟那个抢走我女人还导致我丢了钱包的小白脸干一架——但是，此刻的我只是冷静地握着三张红钞，看着他俩从我的身边走过，她没认出我，我没打扰她。

我看着他们，就如同是在看两个搬家的蚂蚁，我的心里竟然没有一丁点儿的反应。我看着他们逐渐走远，拿起手机，删掉了她的号码。

这时，我又注意到那个北京朋友之前发来的短信，他问我，考虑好了吗，去不去。

我抬头看着冬日里终于放晴的蓝天，午后的阳光暖暖地照在我的身上，我觉得我这条求生的鱼终于要离开荒芜贫瘠的陆地。我的面前是奔腾不息的汹涌洪流，粼粼波光好像人生的无数种可能。

我不知道这条河的源头在哪里，更不清楚它的终点在何处，也预测不出前方还要面临怎样惊心动魄的狂涛恶浪，但我知道，这片暗流汹涌的海域就是属于我的水源，我要顺着它的流向去看一看沿路的风景。

于是我毫不迟疑地回复：去。

PART 5

看清生活真相，继续热爱生活

我跟锤子手机不得不说的陈年往事

1

跟很多人一样，我也是从高中时期就开始听老罗语录的年轻人，把老罗的课堂录音存在手机里当段子听，并自发地向周遭的朋友们安利他的语录。坦诚讲，老罗的很多观点和态度确实影响了很多年轻人的成长，例如我当初退学，很大程度就是受到那句非常有名的“彪悍的人生不需要解释”的影响。

我甚至曾经跟朋友斩钉截铁地说，如果当今中国还剩下唯一一个三观正常且有独立人格的人，那一定就是老罗。从这个意义上来讲，我曾经确实是罗永浩的“脑残粉”。

除了听过老罗语录买了老罗传记外，我还十分支持老罗创业。

2014年5月20号，老罗发布了第一代锤子手机。作为一个天生的数码爱好者，同时又是一个“脑残粉”，我当然毫不犹豫地交钱入坑。可惜后来锤子手机遇到产能危机，一直拖了将近三个月才发货。

2014年8月11号，我收到了心爱的锤子手机。传说那是第一批出厂的机器。在体验了一天“良好的手感和优秀的交互体验，以及处处细节透露着人性的光辉和理想主义的情怀”之后，第二天，8月12号，我发现一个问题——我的手机卡拔不出来了。

在这里要科普一下，第一代锤子手机采用的是“拆后壳不能换电池的设计”，而拆后壳的主要作用是换SIM卡。锤子手机为了保证机器内部的视觉统一性，在机身后面开了个卡槽空间，又用一整块黑色塑料板把机身包起来，拆开后壳时看不到“丑陋的SIM卡”，这样就保证了视觉上的一致性。

虽然视觉上一致了，但这种SIM卡槽空间狭小，容错很低，导致我的卡插进去之后拔不出来了。那张SIM卡是我很久以前用剪卡器剪的，一直放在一台跟锤子手机用一样SIM卡规格的iPhone 4中备用，其间偶尔拿出来换到别的手机上用（我经常换手机），一直没出现过什么问题。

在试了各种方法取卡未果后，我只好无奈地拨打了锤子科技的客服电话，向客服请教“如何才能拔出SIM卡”。客服一听，就建议我返厂。我说我不想返厂，毕竟我是昨天才收到的手机，等了三个月才收到的机器，用了一天就让我返厂，我情感上不能接受，所以我问他说我可不可以自己拆机取卡。

客服立马回绝了我，说不允许自己暴力取卡，只能把机器返厂由工程师来解决。

我说这样周期太长，我寄过去，你修，修完了再寄回来，太慢了。

客服强调说只能这样，没有别的办法，并发给我一个锤子科技的提交售后申请的页面，那个页面上重要提示的第二条写着：

> 请您寄出手机前清除开机密码并取出SIM卡。

我觉得很搞笑，因为我就是因为“无法取出SIM卡”才申请的售后，我坚信SIM卡拔出不来是锤子的设计缺陷，但是跟客服沟通未果，于是我很愤怒地在微博上吐槽了锤子手机的设计缺陷：

锤子的SIM卡槽简直就是噩梦一样的弱智设计，先放进卡槽再推进去，结果这张卡回弹不出来了……客服建议我返厂，返厂前需要取出SIM卡，我现在就是取不出来啊。老子5月下单昨天到货今天你就要我返厂，逗我呢？

我的微博活跃度很低，每条状态都只有十几个阅读，可是忽然有几个好事者转发了这条微博，并圈了几个锤粉大号。

于是，我这个“罗粉”一下就变成了锤粉眼中可恶的锤黑，一时间各种红色锤子头像的锤粉们在微博上组成了先锋队向我袭来，排着队在我微博里留言骂我弱智、剪卡剪得不标准、自己SIM卡的问题非要说是锤子的设计缺陷真是臭不要脸，边高喊着“罗老师你负责认真的情怀，我们帮你赢”的口号，边用各种脏话换着姿势地慰问我的祖宗十八辈。

同时另一边又冒出来一些看热闹不怕事大的锤黑们，他们笑话我说“竟然真有没脑子的笨蛋买这么愚蠢的手机”，说我买的不是手机是情怀，并嘲笑我情怀不足需要充值。

一下子，我粉丝寥寥的微博，被蜂拥而来的锤粉和锤黑夹杂着各种脏话弄得水泄不通。

鉴于退换手机流程的冗长以及锤粉、锤黑们对我上升到智商高度的人身攻击，我实在没有心思再使用这部3200块钱买的才用了一天的手机，我决定退掉它，于是我再次拨打了锤子科技的售后电话。

锤子科技工号CS0022的客服代表告诉我说：“退换货的负责人不在，我做不了主，我会在下班前给你答复。”

我说我昨天才收到货，一天而已，尚在三包范围内，理应可申请退货，这是法律规定，跟负责人在不在没有一毛钱关系。

客服答复说：“那也需要保证手机完好，符合收到后可以再次销售的情况；而如果客服收到后拆机取卡，那这台机器便不能再次销售，依然不能退货。”

于是我陷入了“如果自己强行取卡，万一机器损坏，则不能退货”和“如果我不能取卡只能返厂，但返厂后锤子科技的人自行拆机取卡，那机器不能二次销售，则依然不能给我退货”的上下左右、东南西北都不能退货的怪圈，束手无策了。

这时，我有个搞自媒体的朋友找我说：“反正你是很难通过正常的途径退货的，倒不如我帮你把这事炒大一点，你配合我把此事搞成个大新闻，看罗永浩怎么办。”

这位朋友对老罗的态度跟我不一样，他是资深锤黑，一直反感老罗的嚣张言论和为人处事，我本来不太喜欢他，但想到我那个被“锤粉和锤黑夹杂着各种脏话弄得水泄不通”的微博和身处的“上下左右东南西北都不能退货的怪圈”后，我又不得不求助于他，配合着他“把此事搞成个大新闻”。

于是我立马对罗永浩由粉转黑，并试图依托这位锤黑哥们儿的资源把事情闹大以惊动罗永浩，于是我按他的要求接二连三地发微博，大意是：

> 我没有使用卡托，我的SIM卡是剪卡器剪的，用了很长时间，在别的手机上都没出现过问题，如果卡能拔出来我可以全方位360度无死角地展示给锤粉们看。手机卡槽真的很紧，锤子科技的客服已跟我确认，只能返厂，不建议我使用任何“非正常方式”取卡。
>
> 我不是锤粉也非锤黑，就是一个简单的电子产品爱好

者。我花了钱，买了手机，当它出了问题，而我只用了一天，我有权利维权吧？

何况从来都是产品迁就人，哪有人迁就产品的道理？

这不是一个非黑即白、非粉即黑的世界，也不是任何事情都需要站队，请锤粉们留一点口德。

我还记得罗永浩当时砸西门子冰箱是因为冰箱门关不紧，所以我觉得我这张在其他手机上用得都好好的手机卡现在插得太紧拔不出来也是锤子手机的设计缺陷，锤子科技之所以叫这个名字不就是因为老罗维权吗？怎么今天我也来维权，锤粉们都来骂我了？

今天你们这些指责我“不会插SIM卡”的锤粉就是老罗当年砸冰箱时最反感的那类蠢人。

除了发一些比较理智的微博（毕竟我是一个体面的人）来引起话题热度外，我还试着跟锤粉理论。有一些锤粉不管三七二十一上来就开骂，说我是笨蛋弱智低级黑，说我自己不会用手机还在网上丢人现眼，说锤子科技是世界上三观最正常、最有独立人格的企业，容不得我这低级黑这么侮辱。

而我的锤黑队友们也没有留什么口德，立即回骂这帮人没智商，罗永浩说什么就是什么，说他们从来不会独立思考。

在这场没有硝烟的混战中，锤粉和锤黑们都是选择性失明，而我则成了两派互相攻击的笑柄和武器。

2

那做自媒体的哥们儿果然身经百战，方法的确行之有效、立竿见影，我依他所言竭尽脑汁地想尽一切骂人词汇回击锤粉们对我家人祖宗的问候，并臭不要脸地联系我的所有媒体朋友对我的微博进行转发。这锤粉和锤黑一来二去的战斗愈演愈烈，一顿午饭的工夫，就显现出了成绩：

在没有花钱做任何微博推广的情形下，不到三个小时的时间，我那条反馈锤子手机拔不出卡的微博就到了160万的阅读量，并上了当天的微博热门。

如果没有那位朋友的帮助，只有几百个粉丝的我是不可能把事做到这个地步的。

终于，在我快要掏空了我积累的所有骂人词汇并举报了几十个锤粉对我人身攻击的微博之后，我终于成功地召唤出了罗永浩，老罗在我那条热门微博下面评论说：

@锤子科技客服 三包期间，当然是无理由退货。

之后我就立刻接到了锤子科技工号CS0022的客服代表打来的电话，说同意我退货，并给了我退货地址。

2014年5月20号，我付款买了第一代锤子手机。

2014年8月11号，我收到了这台机器。

2014年8月12号，我发现机器的SIM卡槽设计有问题，并用了一天的时间跟锤粉理论。

2014年8月13号，我终于成功地退掉了这台3200块钱买回来的让我备感困扰的手机。

以上就是我的真实经历。

而在这段时间里，我那朋友的自媒体帐号也因此事迅速吸了四五万的粉。

后来，我的锤黑朋友说："你看，是不是多亏了我，你才能顺利地退掉这台破烂手机。如果不是我们帮你把事搞得这么大，老罗没回你这条微博，事情拖过'七天无理由退换货'期限之后，你看你还能不能够顺利退掉这部手机。"

我一时语塞，竟无言以对，因为在这场舆论战中，我最后成功退款，他的自媒体在这个过程中不断吸粉增加活跃度，我们都是受惠方。

而参战的锤粉和锤黑们，对我们来说都只是"为了达到目的"的工具而已。

3

在我成功退货后打算结束这场锤粉与锤黑的战斗时，依然有好事的锤粉在我微博下留言，印象最深的是有一个微博名叫"罗永浩我挺你"的人说：

> 你看，全世界这么多家公司，只有锤子科技能履行"三包"承诺，让你在玩够手机的情况下安然退款。另外，我想说，如果博主是自己买的卡托的话，你会怎么办？我有点想骂人，照你这么说，所有想体验锤子的，直接买了用五天，然后无理由退货就行，这不是流氓吗？

我觉得这个锤粉挺可爱的，至少他忍住了骂人的冲动，于是我顺手以"魅族+退货"关键词搜了一下，给他了一个"用了三天魅族手机后因为觉得屏幕色温不对而无理由退货"的案例，并向他科普了苹果的十四天无理由退换货政策，并且回应他：

> 你说的那种状况（玩够了手机并无理由退货的行为），如果有充足的法律条款支持，那企业就应当退货。当然，可以从道德层面谴责他。这是市场经济下企业做生意赚钱的同时所需要承担的责任和风险。
>
> 同时谢谢你克制住了骂人的冲动，也希望其他素质低的锤粉能向你学习，不要动不动就人身攻击。而且我承认老罗是一个磊落的生意人，但这并不代表这世界上就没有其他体面的人了。

我觉得我的态度很和蔼，娓娓道来，有理有据，而且我也克制住了自己没有骂娘。可那位罗粉最后依然拉黑了我，可能在他眼中这个世界上真的就只有老罗一个磊落又体面的生意人吧。

4

之所以讲这个故事，其实还是为了佐证我之前说的那句话：

互联网上你所看到的一切信息都是别人想让你看到的，在每一桩你不知道的事实真相背后、每一条数据和微博留言之后都有着不为人知的目的，每一条语句的每一个字都在暗地蛊惑操控你，煽动你无偿给他们做事——而不明真相的围观群众往往就在其中傻兮兮地被当枪使了。

尤其是在亲历了此事之后，我才更加真切地体会到了不明真相的围观群众的粉和黑的可怕。他们被明星人物的光环和对意见领袖的个人崇拜冲昏了头脑，毫不在乎事情的来龙去脉，甚至连基本的是非逻辑都可以抛弃，不能理智地就事论事。无论自己的偶像做了什么错事，都可以毫无原则和立场地去袒护，坚持认为自己的偶像无论做什么都是对的，不顾及任何客观事实地去维护偶像的形象。

如外人胆敢对偶像有异议或不满，粉丝们会不管三七二十一地见人就喷、张嘴就咬，毫无素质地谩骂持有异见的人，猛烈得如同原子弹一样一点就着。

像这样没脑子的粉和黑难怪被人当枪使，被卖了还帮人数钱。

说到老罗，我问我自己曾经喜欢他什么，是他犀利的言论、彪悍的人生，还是对情怀的坚持？我很想问问那些蜂拥而来骂我的锤粉，为什么你们懂得跟我一样欣赏老罗的独立人格和对情怀的坚持，但是却没从老罗身上学到对事情的独立思考并形成正确的是非观呢？

今天作为企业家的罗永浩的大部分言论（吹牛皮和攻击友商），都只是一种营销手段，他现在在网上说的每一句话都带有极强的目的性，这只是他在商业社会里把他的资源套现的一种方式而已。

崇拜他的人格和情怀没有问题，谁都有支持谁的权利，但如果一个成年人还像教徒一样盲从，我觉得这样的人应该反思。

当一位名人或者意见领袖说一句话时，多想想他为什么这么说。如果他说的话让你认同，那么站在反方向想想，这句话有没有可以反驳的地方。如果他说的话让你高兴，那么想一下这句话为什么会让你高兴，他的这句话是真的发自肺腑还是纯粹的只是营销需要？

有些事情没有那么难，只要我们多往前迈一步、多换个角度想一下，或许你会豁然开朗，而不会贸然犯傻。

人云亦云地去喊“永远年轻，永远热泪盈眶”并不是一件值得炫耀的事，永远具备独立思考的能力、认真对待这个并不是非黑即白的世界，才是一件最难的事情。

5

对了，再后来出货的锤子手机统一在配件里附带一张字条，上面写：

> 锤子手机需要使用标准Micro-SIM卡，请您自行到运营商处更换手机卡，使用剪卡器、卡托等方式可能导致手机SIM卡插槽损坏，影响您的使用。
>
> 如因剪卡或者卡托方式造成的SIM卡插槽损坏，不在锤子科技的保修范围之内。

这就是一场互联网世界舆论战背后的真相。

北漂租房的辛酸维权史

1

去年初，我因工作调动，从通州搬到了昌平回龙观。找房子的时候，正好看到某大型房产中介公司铺天盖地的广告，他们承诺三年不涨房租。于是，为图稳定，我就以每月3300元的价格整租了回龙观东大街的一居室。

相安无事地住了快一年后，就在要续租时出了状况。年前中介公司的工作人员在电话里承诺年后就安排我办续租手续，但过完年眼看房子还有两周就到期了，他们却忽然以“房东卖房”为由让我赶紧搬家。

我很惊讶，我说我住进来的时候你们不是跟我承诺这房子三年不涨房租吗？拍着胸脯说住三年肯定是没问题的，怎么这才一年就让我搬家了？

结果对方斩钉截铁地告诉我，一、他们不知道三年不涨房租这种说法；二、我租的这间房子他们公司跟房东也只签了一年的合同，到期后房东不续租了。既然人家要卖房，那要求我搬家也是理所应当的事。

听起来似乎有理有据，合情合理得无可反驳，但作为一个像我这样正义感爆棚的青年，怎能甘心在恶势力面前低头？

于是我用了一天的时间维权，并成功地拿到了一个月的赔偿金。鉴于很多北漂可能都遭受过类似的租房之苦，在此，我把这次维权的过程分享出来，希望给各位漂泊在外的人一点参考和帮助。

2

第一步，整理中心思想。

是的，你没看错，小时候语文老师教的整理中心思想的技能在这里发挥了作用。一定要用最简短有力的语言，以不超过一条微博的字数把你的不幸遭遇讲清楚，并尽量把自己表现得傻白甜一点。以下我来举个例子：

> 出于对贵公司的信任，我错信了承诺三年不涨房租的宣传，并与贵公司签了租房合同，结果只住了一年贵公司就让我搬家。我认为贵公司因虚假宣传而违约，违反了《广告法》，所以我要求贵公司拿出一个妥善的解决方案。

这段话在接下来的维权中具有举足轻重的作用，因为这段话用最少的字数和最短的时间说明了事情的起因经过和你的诉求。这一步很重要，因为在之后每一个跟人打交道的环节都会用到。

第二步，打客服电话，寻求沟通渠道。

很多人都说打客服电话没用，毕竟每个企业的客服都跟老板穿同一条裤子。这句话说得没错，每一位接听你电话的工作人员都是经过专门的话术培训才上岗的。

什么是话术培训？就是“兵来将挡，水来土掩”，你的每一个问题，电话线另一端的那个人都会在“对企业名誉和利益影响最小的前提下”回应你的诉求，甚至跟你踢皮球——客服让你找销售，销售让你找管家，管家让你找售后，售后让你找客服，总之就是在消耗你的精力和电话费的同时尽可能地多为企业开脱。

但作为官方指定的沟通渠道，这个电话我还不得不打，并且我要在这个过程中尽量地多套客服的话——因为客服代表了企业形象，客服说的每一个字都有录音，一个萝卜一个坑，所以一般客服都不敢乱说“话术培训手册”以外的话。

于是，我在电话里问客服是否承诺过三年不涨房租一事，电话那头的客服含糊其辞，说不清楚——他当然得说不清楚，因为如果他说没有承诺过，那么一旦我拿出其做过承诺的证据，就是自打其脸，等于承认他们公司做了虚价宣传；而他如果说知道，那么违约事实成立。

在这个过程中，一定记得在对话中多用反问句，例如：

为什么您作为你们公司的客服却不知道你们公司三年不涨房租的承诺？

那您承不承认你们做了虚假营销？

承不承认你们向我许诺了你们根本做不到的事情？

如果对方含糊其词，推卸责任，那你就需要表明态度：

请您不要跟我踢皮球，我不知道这件事情应该由谁来负责，如果您知道，请您直接让那位负责人跟我联系；如果您不知道，麻烦您把电话转交给一个清楚此事处理方法的明白人，让TA来跟我沟通。谢谢！

在遇到这种连番提问的状况时，客服一般都只能好声好气地向你承诺尽快对反馈问题，及时给出答复，这时一定要记得在电话里问他们要一个具体的答复时间。如果客服说负责人不在稍后回电的话，就问他“大概稍后多久”，一定要对方给出一个准确时间，并问清楚他的客服工号，如果到时间没有回音的话就继续拨打客服电话，让接线员转接这个工号的客服，继续给他施加压力——你要知道，这是你跟官方对话的重要渠道，是反馈你诉求的重要方式。

在这个过程中，如果是用安卓手机的话，可以用录音软件对电话录音；如果是用苹果手机无法录音的，就在接通电话的时候先问客服工号，并跟客服强调说本次通话需要录音（客服电话基本上都有录音），因为假使以后真跟对方撕破脸皮报警，也可以通过警方调取你跟那位客服的通话。

我在打了两三通400客服电话之后就得到了反馈，对方说在第二天早上安排一位资深的客服经理来跟我当面协调此事。

第三步，寻求一切可能的帮助，因为敌人的敌人就是你的朋友。

在跟他们的工作人员约定好调解时间后，接下来就是收集证据，以便支持自己的论点。不过在这之前，我先试图寻找其他的有利信息和支持——毕竟我不熟悉房产中介这个行业，而对方又是一个资深的客服经理，处理这种事情应该很有经验。如果我准备不足，很有可能会被对方带到坑里，这对我十分不利，所以我需要找一个懂行的帮手来帮忙。

于是，我出门左转，直接去了对面的另一家房产公司OX房产（北京的房产中介门店基本上都是扎堆开的）。我进去就问他们说矩阵小区×楼×号的房子是不是要卖，OX房产的工作人员以为我是要买房，就坐下来热情地跟我聊了起来，然后我澄清说我不是买房，我是那房子的租户，现在被你们对面的那家房产中介公司告知房东要卖房，所以我来核实一下，并把他们承诺三年不涨房租却一年不到就要求我搬家的事情如实相告。OX房产作为门对门的直接竞争对手，显然对我的遭遇很感兴趣，于是他们就帮助我分析了一下情况，并给了我一些建议。

在OX房产那里我得到了三个有用的信息：

一、我的房东确实要卖房，他曾经来他们门店登过售房信息，所以我要搬家是既定事实。

二、虽然说房东要卖房，但是我跟房产中介公司的租赁合同在先，而《中华人民共和国合同法》中有规定：买卖不破租赁。也就是说，承租人在履行正常的租房关系时不受买卖关系的影响，即使房东卖房，哪怕承租人占有房屋拒不搬出也是有合同及法律依据的——虽然这条法律存在，实际上很难执行，他建议我把这条作为据理力争的一个重要论点。

虽说有了法律支持，但现在最大的问题是这家公司虽然曾经宣称过三年不涨房租，但他们跟所有房客都是一年一年地签合同的，而且是标准的模板，我手里的合同中并没有有关三年不涨房租的具体条款（听说他们新的租房合同中已经加上了三年不涨房租的具体执行办法），所以如果只是论合同上的租期，他们公司在一年后不再与我续签，理论上来讲我也无计可施。

三、所谓敌人的敌人就是你最好的朋友，OX房产的哥们儿给我出招说，既然上一点存在争议，那我们只能就三年不涨房租这一条理由收集证据来反推下面的结论：

> 既然贵公司宣传三年不涨房租，那就说明这间房子我可以租三年。否则，如果贵公司每年都以各种理由把房客赶出来，那么“三年不涨房租”本身就是一句空话。换个角度讲，如果这房子我可以租三年，那无论这个合同签的是一年还是三年，我都应该在“买卖不破租赁”的保护范畴中。

我自己听起来都感觉是在绕着圈子耍流氓，可面对那么一家大企业，孤立无援的我处于弱势，我也只好无所不用其极地维权了。

所以，如果接下来我能套出或者让对方公司的员工承认曾经做过三年不涨房租这种承诺的话，那么我就可以强行反推出“买卖不破租赁”这一条款来维权——事实证明，这在我之后的维权中确实起到了关键性的作用。

当然，虽然说“买卖不破租赁”，但那哥们儿也劝我别抱太大希望，毕竟房东卖房已成事实。他建议我搬家，但不要放弃维权，建议我按照中介行业的行规，让其额外赔偿我一个月房租。

第四步，最重要环节——取证。

好了，在高人指点之后，我就可以有针对性地去收集证据了。要知道，在互联网时代，取证是一件最重要也是最容易的事情。

首先，我以“三年不涨房租”为关键词上网搜索，搜到很多新闻

（多换搜索引擎，别只用×度），然后使用滚动截屏工具给新闻截图（主要找一些大媒体，例如新浪、搜狐、网易等），如有纸媒的报道更好，因为纸媒比网媒更有公信力，像我就在网上找到了2015年《京华时报》刊登的“××承诺三年不涨房租”的报道。

搜完了外网之后，搜内网，相对于外网，这些内网信息的杀伤力更强——毕竟自己网站上出现的信息，还能作假？

取证不光是通过网站，还有微信的聊天记录，我从一开始租房时就加了这家公司中介人员的微信，所以他们曾经向我许下的每一个承诺我都有留档。

但如果没有了以前的聊天记录，怎么办？

没关系，那就试着去套他们的话。你可以用你朋友的微信去问：“我打算租咱们的公司下面的房子，听说是三年不涨房租，对吗？”

基本上这个时候中介会说那当然了，然后宣传他们的服务多好多靠谱，接下来你可以继续提问说：“那合同上写的是租一年还是租三年？如果是租一年那么一年到期后怎么办？”

中介基本上会说，虽然写的是一年，但我们跟房东的合同都是签了三年的，你就放心住吧！

天地良心，当时中介就是这样跟我承诺的。

基本上顺着以上的思路，你差不多可以把你想套的一切话都套出来——不过你要明白一个事情，就是跟他们的对话保持在合理的就事论事的范畴内，没必要因为他们撒谎就跟他们发火，毕竟他们赚钱也不容易，套出几句话能够帮你接下来举证就行了，至于其他的要求他们是解决不了了，因为他们没那个权限，哪怕是他们错了，那也得是公司来赔偿。

第五步，让这一切再正式一点。

当收集到了足够多且有效的证据之后，就可以静等跟他们的工作人员当面理论了。为了把事情操作得更正规一点（更利于唬人），我在OX房产的哥们儿协助下起草了一纸文件：

调解协议书

承租人（甲方）：[redacted]　　联系方式：1[redacted]1

租赁代理机构（乙方）：[redacted]

甲乙双方就昌平区回龙观矩阵二期[redacted]房屋租赁（合同编号：BJCWZ815[redacted]）产生的续约纠纷，就有关事宜调解，达成协议如下：

1. 乙方通过官方公开渠道（包括但不限于乙方网站[http://www[redacted]m/]、微博[http://weibo.com/[redacted]r]、微信[[redacted]1]）向甲方道歉，承认曾对外宣传的「[redacted]承诺3年不涨房租」为虚假宣传；
2. 乙方负责同原房东沟通，最长延缓一周交房，并积极为甲方寻找新住处；
3. 乙方为甲方寻找的新住处的面积应等同于（或不低于）原合同编号：BJCWZ8[redacted]04 中所述的房屋的建筑面积，并延续原合同编号：BJCWZ8[redacted]04 中的房租金额：月租金人民币（大写）叁仟叁佰元整（￥3300.00），即乙方变相为甲方执行「3年不涨房租」的承诺；
4. 如乙方不能满足甲方上述 [条款 3] 的要求，则在退还甲方已支付给乙方的押金人民币（大写）叁仟叁佰元整（￥3300.00）的同时，另外向甲方赔偿月租金 100%即人民币（大写）叁仟叁佰元整（￥3300.00）为违约金，共计支付给甲方人民币（大写）陆仟陆佰元整（￥6600.00）；
5. 如因上述 [条款 3] 或 [条款 4] 而产生的搬家费用一律由乙方承担。

承租人（甲方）签章：　　　　租赁代理机构（乙方）签章：

　　　　　　　　　　　　　　经办人：________

____年____月____日　　　　____年____月____日

因为在之前收集证据的过程中我已经明确了一点，就是这个家我是非搬不可，所以维权的目的要从“续租”转变成“赔款”——毕竟我是个体面的人，赖在人家死活不走这事我可干不出来。

当有了这个心理准备之后，就可以坐等对方把话题引导到搬家一事上了。一旦对方提出搬家的要求，就可以顺水推舟拿出提前准备好的《调解协议书》要求赔偿了。

这中间有几点建议：

一、文件越正式越好，多用一些平时你自己都不想看的生涩词汇，显得专业又唬人。避免使用大白话和常用口语，显得不正式。

二、可以提一些明知对方难以履行的道德层面的要求——例如“乙方通过官方公开渠道向甲方道歉并承认做了虚假宣传”，这一条明显涉及他们公司的企业声誉，我明知他们不会答应（这就跟罗永浩砸西门子冰箱是一个道理，你以为他在大庭广众下砸冰箱真的是为了一个西门子不可能的道歉吗？别傻了，这只是他为了推销自己而做的一次事件营销罢了），但一定要把这一条当作最重要的谈判条件，原因稍后会讲。

三、无论立什么合同，都把自己设成甲方——这纯属个人习惯，因为在大部分合同关系中，甲方相较于乙方都要更强势更有地位一点，甲方的权利经常要比乙方的大（差不多甲方的都是权利，乙方的都是义务），都是由甲方限制乙方——我在互联网及广告行业混了这么多年，一直都是被虐的乙方，所以一有机会我就想方设法地把自己写成甲方。

接下来，把所收集到的他们宣传三年不涨房租的资料和这份调解协议书打印好，装在一个文件夹里，基本上就万事无忧了。

3

第二天，我跟这家公司的客服经理在其门店里进行当面调解。

果不其然，对方先是宣称“三年不涨房租”这一条款已经作废。我说我掌握的所有证据都可以证明你们在去年做过三年不涨房租的承诺，但是我没有在任何公开渠道看到贵公司宣称“三年不涨房租的承诺作废”的新闻报道（包括公司的官网），如果你们不能拿出更有利的证据来证明“此承诺作废”，那么我所租住的房子理应在可续租期内，并且根据“买卖不破租赁”的法律条款，你们也没有资格让我搬家。

接下来，对方又解释说，公司跟房东的租约也只有一年，所以一年到期后，公司没法跟我续约，当然也无法履行三年不涨房租的条款。

这时我拿出了事先准备好的其官网的截图，截图上清楚地写着其公司对业主的房屋要求是“租约为整年，至少为三年”（截至此文成文时，此页面依然挂在其官网上）。我说既然你们公司已经在官方的公开渠道上承诺“租约为整年，至少为三年”，那么为什么还会把只租了一年的房子转租给我。

总结起来就是以下三点：

一、贵公司曾经做出了“三年不涨房租”的宣传，在证据面前，这是既定事实。现在你们不履行当时的承诺，就是虚假宣传，欺骗消费者。

二、《中华人民共和国合同法》中规定买卖不破租赁，我的权利受法律保护，所以这房子我有权利继续住下去。

三、贵公司的员工把应该租期为三年的房子只签了一年就转租于我，造成了现在我无法续租的客观事实，对我的权利造成了损害，贵公司员工的操作违规，负主要责任；贵公司的领导管理失责，负次要责任。

听完这三点，对方明显底气不足了，于是我们顺理成章地谈到了赔偿事宜。

这时，我拿出事先准备好的《调解协议书》给他们看，并强调贵公司不光要对我进行经济方面的赔偿，还需要向我公开道歉。这时一定要把自己包装为“其实我根本不在乎钱，我就是在乎输赢和人世间的公理，我就是为了图个说法”，把维权这件事情上升到一个高度，继续给对方施压。

如我所料，他们考虑过后说虽然赔偿金过高，但他们可以考虑，但道歉万万不可——其实我心里清楚，如今这家公司的生意做得这么大，一旦承认虚假宣传，无异于自断命门，他们当然不可能承认虚假宣传。

最后，他们公司客服经理的态度是，道歉不可能，赔偿能够满足。

这就结了，其实我根本就不关心你们的道歉——给钱就行。

于是我顺利地跟这家中介签了另一份没有道歉条款的《调解协议书》。一周之后，我收到了3300元的赔偿金，并顺利地在退租之后拿到了押金。

以上就是我维权的经历，虽然洋洋洒洒地写了几千字，但实际过程只用了一个下午和一个早上的时间。

4

衣食住行是人生中必不可少的大事，每个人多多少少都会有这样被大企业出尔反尔和天花乱坠的承诺忽悠的经历——我更见过很多人因方法不当得不到应有的补偿，最后只好悻悻而去的场景。

所以，今天我把我的维权方法列出来供各位参考，希望能给你们的维权带来一点帮助，开阔一下思路，并提供一点行之有效的方法，希望每一个漂泊在外的人都能有一个安心的住处。

当然，我也不想有人因为看了这篇文章就说这家公司是黑中介。凭良心讲，除去此事以外，他们在屋内设施损坏维修和定期保洁方面做得都很到位，这在房产中介中已经算比较厚道的。

生意场上没有绝对的黑白，只有相对的良心，而且用平常心去看，我们的人生本来就是一个遇到问题然后解决问题的过程。

哦，对了，最后还有一点就是无论如何都不要说脏话。

毕竟我们之所以维权就是因为我们想要做一个体面的人。

我们的手上都沾着魏则西的血

2016年初，网友爆料说百度把旗下产品百度贴吧的“血友吧”卖给商业机构运营，后来事情愈演愈烈，人们发现原来除“血友吧”以外，还有“不孕不育吧”“糖尿病吧”“癫痫吧”等热门疾病贴吧都被百度强行引入了商业合作，一时间网友纷纷举旗声讨百度丧尽天良，谴责医疗推广是其用来赚钱的“人血馒头”。

后来某天，我也是嘴贱，在一个饭局中跟朋友们讨论起了百度医疗推广的话题，并玩笑似的问一个在百度做后端的哥们儿，大意是：贵司如此毫无底线地做竞价排名，你们作为员工，助纣为虐赚这些昧心钱，心里踏实吗？

谁知我那哥们儿也是个硬汉，暴脾气，上来就骂了我一句，然后说：“快播都辩护了技术无罪，我只是老老实实按照领导的要求写代码而已，我干的是正经工作，拿份工资养家糊口而已，国家都没说人家犯法，我bug都改不完还去操那闲心？老板拿这些代码去吃喝嫖赌、杀人放火我管得了吗？再说我不干就没别人干了？你们这些互联网公司就干净了？”

末了，他又补充说：“你这么高尚，有种你别用我们的产品啊，装什么装。”

然后那哥们儿愤然离席，很久都没再跟我说一句话。

几个月后，21岁的大学生魏则西因为错信了百度搜索的医疗推广机构，花光了家里的所有积蓄，最后不治身亡。百度又一次因为竞价排名而被推到风口浪尖，一时间似乎全世界都在谴责百度吃人不吐骨头，依靠金钱和谎言堆砌的虚假信息一次又一次地坑害无辜生命，批评百度公司的价值观有问题，骂得连其员工都抬不起头来——因为对于很多互联网媒体来说，“谴责百度”向来就是一件“毫无疑问的政治正确事件”。

可是，冷静下来想想，其实我那个朋友说得有道理，真正活该被骂的是我，因为这个世界上从来就没有哪一家商业公司能够真真正正地做到“干干净净地赚钱”。相比百度敛财的“人血馒头”，我也压根儿不信Google所谓“不作恶”的说法——早在2011年8月，Google就因为虚假的药品广告花了5亿美金跟美国政府和解：

> Google承认该公司最早从2003年开始就帮助加拿大在线药房使用AdWords广告服务，承认该公司知道美国消费者通过这些广告购买药物，承认广告主在不要求消费者提供医生处方的情况下就出售药物，承认其公司员工主动帮助广告主规避该公司的药物审查政策和第三方验证服务。

在商言商，百度作为商业公司，把手头的资源变现，尽可能地多赚钱当然是第一要务。这不光是为商之本，更是对股东们负责。既然中国法律没有规定不允许百度卖贴吧，也没有哪一条说百度搜索的医疗推广违法，那么百度就可以“在不违反中国法律的框架下想尽一切办法赚钱”，虽然从道德角度来讲是一种作恶，但这是它的权利。

说白了，开一家公司投入那么多资金和精力研发一个软件，并招了那么多人来运营，归根结底都是为了赚钱——而不是为人民服务。

至于商业和道德应该怎样权衡，我不知道这家公司有没有考虑过。可以坦白讲，在全世界的企业中，人伦道德永远是摆在商业利益之后才考虑的事情，因为自古商人重利，每一家商业公司在资本积累的过程中都有或多或少的原罪，这是不可避免的。

摒除我们老百姓本身不可控的商业和道德，其实我更想聊的是我们自己可控的事情。魏则西本身就是西安电子科技大学计算机专业的学生，我相信他跟我们绝大多数普通网民一样，是“严重的搜索引擎依赖者”。在互联一切网罗天下的新时代，我们越来越习惯于享受互联网给我们生活带来的便利，有任何不懂不明白的事情只要掏出手机上网一查就能得到答案。互联网让我们获取信息的途径变得更加简洁和直接，但这绝对不代表高效和安全可靠。

几年前，我就职的公司在网上出现了一些负面新闻，我受老板指派跟一些公关公司打过交道。我记得有家跟我们合作的公关公司的宣传语上是这样写的：营造企业口碑，为品牌保驾护航——互联网上没有我们删不掉的内容。

后来一打听，删帖的价格一般是每条信息两千到几万不等，甚至他们的后台专门有一套系统能结合负面新闻的流量数、来源渠道、网民关注度、热度排行等自动计算出报价给客户，公司的主营业务就是每天夹在上游企业和下游媒体（搜索引擎对他们来说也是媒体）之间，帮客户营造正面口碑和删除负面新闻，这对于一个有着100人的公关公司来说，仅仅只是一单又一单的生意。

至于商业和道德应该怎样权衡，我也不知道这家公司有没有考虑过。

所以，有个我们不得不承认的事实：在今天，你在网上看到的所有资讯，都是别人想让你看到的。

你在搜索引擎（无论百度还是Google）中看到的一切词条和信息列表，都是被精心计算处理过的。针对搜索引擎的效果优化（SEO）

本身就是每一家互联网企业（甚至非互联网企业，只要想在网上展示信息，SEO都是基本工作）的重要工作。你在任何一家搜索引擎上看到的任何网站，都是人工编辑之后再被搜索引擎的爬虫收录的，都不是无中生有天上掉下来的，你所看到的每一条信息后面都隐藏着发布者不为人知的小心思和小算盘。

他们想让你看到的信息，会通过SEO和竞价排名推出去，而那些不想让你看到的，都会被统统删掉，这就是公关。这甚至已经无关百度和作不作恶的事情了，因为全世界都是这样做的。

所以，希望所有看到这篇文章的人都能够明白一个简单的道理：我们可以把产品当作工具来使用，但千万不能把产品当作朋友一样信任，尤其是性命攸关之事，一定要找靠谱的渠道，切勿轻信任何网站和任何机构的任何承诺。

话说回来，依靠道德绑架一家商业公司本身就是不合理也不现实的事情，我们也无法真正地全盘抵制百度，因为除了百度，我们没有更好的选择，或许我们能做的，只是期待更加健全的法律制度来约束和惩罚百度，让这家公司知道在疯狂敛财的同时，发现这个世界上似乎还有一点东西值得它去敬畏和尊重，那就是生命。

还有最后一点就是，在我们越来越离不开百度的互联网生活中，每当我们在百度搜索关键词得到真假难辨的答案时，每当我们掏出手机随手百度一下并为我们的生活又带来了一点便利时，我们都是在助纣为虐——因为我们对它的依赖，才让百度更加肆无忌惮地作恶。

在魏则西的尸体面前，无论是百度员工还是百度用户，我们的这双手上都沾着他的血。

在外定居的人，如何考虑以后父母的养老问题

1

跟很多北漂一样，我也是个普通的上班族，每天站在早高峰的北京地铁里，被汹涌人潮推着身不由己地走，加班加到吐血，为了每一分钱拼得头破血流。忙的时候还好，没工夫乱想；一旦闲下来，或者跟亲戚朋友聊天，总会有意无意地被问到一些不想去触碰的话题——

你对以后有什么打算？

是继续留在北京，还是要回家发展？

毕竟家里还有老人需要照顾，而且留在北京太难了。

…………

毫无疑问，北京很好，这里有太多的机会和有趣的人，这座高速运转的城市一直发生着翻天覆地的变化。但同时，这里有动辄几万一平方米的房子，越来越糟糕的没法正常呼吸的空气，以及堵到令人发指的交通。对于一个像我这样每个月工资有一半都用来交房租的普通上班族来说，留在北京几乎是痴人说梦。作为独生子女，老家还有父母亲需要照顾。这些都是早晚要面对的问题。

有一次，我跟我的一个老同学聊天，我们不约而同地感叹留在北京的艰难。不巧那时候，他的家里发生了一点变动，于是我俩一拍即

合，一块儿收拾好行囊，灰头土脸地回到了家乡，又叫上几个在家里的老朋友合伙开了家广告公司。

我在北京是做前端开发的，这项技能在这座四五线的小城市几乎找不到用武之地，只能偶尔在网上接点零碎的项目，或者给人设计个海报、做个菜单什么的，赚点小钱糊口。虽然收入不多，但因为在家里无须太多生活成本，倒也够花。

在外面漂了几年又回到家里后，我的生活一下子变得规律了，工作日早十晚四，每周双休，偶尔加班；下班之后走五分钟到健身房，锻炼后再走十五分钟回家；一般到家时父母都做好饭了，吃完饭陪他们看上两三个小时电视就睡觉；偶尔和朋友相约出去玩，出门打个车十分钟左右就到，无论做什么都毫无距离感，从来不担心晚上太晚了赶不上回家的末班车，生活简单而轻松。

在北京时，早上七点起床，洗漱完挤公交换地铁，到公司时九点左右，上网看看新闻，没一会儿就该吃午饭了。一般下午才进入工作状态，一忙起来常常忘了时间，而且大部分公司加班成性，晚上八点下班都跟做贼一样，一般都在晚上十点左右到家，拖拖拉拉到一两点睡觉。一天除了上班也干不了别的事，每天都过得很匆忙。

可是在家时间太久后，我越来越觉得“慌”，因为这种生活真的太安逸了，安逸到让我觉得自己已经老了。

在家里待了不到一年的时间，爸妈就已经开始给我张罗相亲，并计划用他们养老的钱给我买套房子，让我按部就班地结婚生子。假如我那生死未卜的创业项目失败，他们甚至可以到处求爷爷告奶奶地再把我安排到某个事业单位做一份临时的工作……我仿佛一眼就看到了自己的40岁。

那时候的我经常躺在家里的床上，看着窗外悠闲而忙碌的人们，我问我自己："这是不是二十多岁的我想要的生活？"

2

某天，我在刷微博的时候看到一位老朋友，他叫友藏，是一档名叫"友的聊播客"的播客主持人——其实说老朋友也不太恰当，因为人家跟我也并不是太熟络，只是因为我一直在听他的节目——节目内容是有关电子设备、数码生活之类的，我对那些非常感兴趣。不过，做播客不是他的本职工作，只是他的业余爱好。

我发现他的微博消息定位不在北京，一打听才知道，他举家移民到了加拿大。之后我听到了一期他的告别节目。在节目里，他表达了不能再生活在北京的遗憾以及不知何年何月再回来的惋惜，最后，他对另一位他的朋友的母亲说："虽然我要离开北京了，但你的孩子需要北京，北京也需要他。"

后来我在知乎上向他提了一个问题：那些漂泊在外甚至移民的人，他们是怎样考虑以后父母的养老问题的。

他回答说：

> 我的这句话曾对木马说过。他毕业于北广，国外留学一年，做事勤奋、认真、细腻，家人希望他能够在老家山西做一份公务员性质的工作。但北京是一个运转更高效、机会更多、人更多的城市，更适合大鹏展翅。我跟木马说过："你的人生是你自己的，不是你家人的，也不是我的。你要自己选择你要待的地方。"说完这话，他就回山

西了。一年多以后，他重新回到北京，无论是工作、朋友圈，还是人生经验，都有了更高的起点。我移民加拿大的原因很多，其实也不需要说明原因，顺势而为而已。

你的问题是问如何考虑父母养老的问题，说实话我没考虑，我还有兄弟姐妹，他们替我担起了养老的担子，让我可以有更多机会跑得更远。我媳妇是家里的独女，离开的那天和父母在餐馆吃午饭，她哭得很伤心。但让我坚定意念的是坐在一旁完全不明白状况的2岁的闺女。如果我们不做这个决定，可以肯定的是，等她长大了她会质问我们，而现在她至少能理解我们。

1995年，当我决定留在北京的时候，绝大多数的所谓外地的朋友也都留了下来。如今是2013年，有的人可以留下来，有的人要离开。我觉得这样更符合常态，在我们熟悉的日剧里那些憧憬东京的异乡人、美剧里那些来到纽约开始新生活的追梦人，也都面临同样的问题。

父母是给了我们生命的人，却也可能是最听不进去我们的话的人；父母是最亲密的人，却也可能是与我们意见最相左的人；父母是随着年纪增长最需要照顾的人，却也是最希望看到我们成长进步的人。关于养老这个问题，我没有什么答案，只是建议多跟父母沟通。无论你要做的是一个飞得更远还是离得更近的决定，不要自己做，争取到更多理解，做出你想做的决定，就好。

后来我的事业又穷途末路，我跟一起创业的朋友们因为方向上的分歧以及寥寥无几的收入天天吵架，甚至严重到站在大街上互相指着鼻子对骂，最后我们不欢而散。

一时间我又无处可去了。我不想随便找个事业单位混日子，也不知道我还能做什么。万般无奈之下，我只好又灰溜溜地回到北京。

回到北京之后，因为一次机缘巧合，友藏回国处理一些琐事，我见到了他，跟他聊到了我的那个问题和迷茫的未来。他说："这很正常，你现在有的对以后的迷茫我也有过，大家都经历过这一步，每个人都会面临这个问题，但你的人生是你自己的，不是别人的，别做让你自己后悔的事情就好。"

3

前两天我跟我爸聊微信，又说到了我的以后，他忽然很开明地跟我说他才五十而已，比刘德华还小五岁呢（刘德华1961年出生，我爸1966年出生），说让我在外面过好我自己的生活，别为家里操心，要是想回来了就回来，想在外面闯闯就心无旁骛地干下去，他们也有自己的生活。

我很感谢父亲给了我选择的权利，因为人要有属于自己的生活。有时候执拗的我们总是自己跟自己过不去，瞻前顾后地想太多，一聊起来就说父母年纪大了、家庭担子重了，不能任性，要孝顺，要听他们的话去相亲、去事业单位工作、去跟不喜欢的人凑合过日子，个个活得一身使命、忍辱负重，三两句话就把自己感动得哭天抹泪。

有些人以为自己倾尽所有是为了成全别人，其实到最后只是为了感动自己、糟蹋时光，这样的人其实是最没有良心的，因为你辜负了你自己。

人生中最重要的事情就是对自己负责任、做自己喜欢做的事情，这样等到自己老的时候回忆起来才不会觉得没活过，说不清道不明自己这一生到底都做了什么。

今天的我依然忙于生计，依然不知道我什么时候才能买得起房子、开得上车。那些问题我终究无解，但我现在越来越坚信一件事情，就是我现在所过的每一天都是我想要的。

三十而立，四十不惑，五十知天命……可你知道二十是什么吗？

二十是不悔。

我这八年来失败的职场经历

1

我一哥们儿告诉我说他的一个前同事兼好朋友得抑郁症了，我一听，顿感诧异，因为在我心里，像我们这种整天忙着加班的码农是没有时间、也不配得这么高级的病的。想来这背后一定有什么不为人知的故事，于是我就带着好奇心，跟着这个哥们儿拜访了他的这位朋友。

他是1992年生的，武汉科技大学的高才生，应届校招进的百度，做百度旗下某个O2O项目的后端开发。做了一年多后，他的一个同事跳槽创业，说是拿到了天使轮，和投资人一起做智能硬件的后端算法。项目很复杂，我听了半天也没听懂，反正最后他也加入其中。他当时一时脑热，竟然还找家里借了80000块钱，加上自己的20000积蓄，全都用来买设备了。后来干了不到一年公司就倒闭了，他的同事携家带小一夜之间离开了北京，不仅如此，还把公司的设备都卖了中饱私囊。到头来，这哥们儿只落下了一堆空头支票和根本兑现不了的期权股票，还搭进去10万块钱。没有了BAT高薪又稳定的工作和大好的发展机遇，还把所有的积蓄赔进了创业的项目中，背了一身债，女朋友还因为他天天忙着工作跟他分手了。朋友说，当时心都凉透了，觉得这个世界都抛弃了他，想跳楼自杀。于是终日闷闷不乐，茶不思，饭不想，一直回味着这两年多的奋斗史，越想越憋屈，越想越难过，后来病急乱投医，上网一查，就觉得自己得了抑郁症。

于是我开始给他讲起了我这八年来失败的职场经历。

2

我19岁的时候因为一时冲动跟老师吵架退学，退学之后在郑州找了第一份工作，是给一小公司做平面设计，一个月300块还是500块钱，我忘记了，试用期还只发80%。现在想来当然不可思议，但对于当时刚出校门没有学历的愣头青来说，那份低薪的工作如雪中送炭一般。

可惜我就只领过第一个月的工资，之后老板一直借口说效益不好工资要拖两天再发。拖了三个月后，某天老板把我叫到办公室，对着当时还一脸学生气的我说："那啥，你明儿先在家休息两天，咱们公司关怀员工，放个暑假，工资嘛，假期过完后再发。"

当时我就蒙了，心想不年不节的放什么假啊，还放暑假？

第二天，我将信将疑地又去了公司，发现已经人去楼空。老板失联，我那三个月的工资当然也泡汤了。

无奈，我只好又在网上投简历找工作，顺便开始搞一个创业项目。后来一湖北佬忽悠我，让我去他那边上班，给我发工资的同时，顺便给些资源让我做自己的创业项目。我心想虽然钱不多但也是份差事，还能有机会干自己的事，于是我屁颠屁颠地去他那儿上班了。

干了几个月后，我发现我被他骗了。这家伙整天给我提需求，根本不给我时间做自己的项目，简直就是雇佣廉价劳动力嘛！于是我就整天在公司里说他的坏话，告诉同事说老板是个骗子，说话不算数。

某天这些话传到他耳朵里了，他把我叫过去狠批一顿，我也不甘示弱，跟他干了一架。干完架我就走了，我走之后没多久，他那项目就黄了。

浑浑噩噩地过了年之后，我发现郑州这地方风水不好，不旺我，正好我在北京有几个老同学，于是我就转移根据地，做了北漂。

到北京后的第三天我就找到工作了，倒不是我水平有多高，而是我要价低啊！那老板约我在一咖啡店面试，看完我的简历后直接就问我想要多少钱的工资。我算了下我当时的主要开销——租的房子是500块的隔断间，房租要押一付三，加上我手头的500，刚好够，而且我以前在郑州时，工资都是三五百块钱，便特别没见过世面地说，1500吧，那老板一听，满口答应，说行啊行啊，你明儿就来上班——现在我仍记得他当时听到我的报价时两眼放光的样子。

第二天上班我才发现，原来那个公司一共就只有四个人：一个CEO，我老板，首席执行官；一个CTO，技术总监；一个HRD，人事行政总监；一个员工，我。

是的，没错儿，全公司就我一个打工的，剩下全是领导。

当时我们干的项目是服装电商导购，有点类似于现在的购物返利。传说老板在金融圈有点人脉，拿了融资，就开始干这个了。结果干了大半年之后，投资人发现这项目不靠谱，看钱要烧光了，便要撤资。老板一看没钱了，某天竟然突发奇想，带着我们从北京东三环国贸的写字楼搬到了河北廊坊燕郊的民宅里。

当时我也有一些朋友住燕郊、在北京上班，而我奇葩得反其道而行之，成了为数不多的从北京坐车去河北燕郊上班的人。

当时我还在用移动的手机卡，每当我坐大巴经过通燕高速的时候，我的手机都会收到一条短信：欢迎你来河北省旅游！！！

过了年后，我跟老板都心照不宣地给这个创业项目判了死刑，于是我连招呼都没打就又找了一份工作。这次我吸取了“小公司不靠谱”的教训，去的是一家大公司，人非常多，在建外SOHO有一整层楼的办公室。公司前身是做视频网站的，现在转型做视频SNS，类似新浪微博，但跟微博不同的是，这个网站的每条信息都围绕着视频展开。当时的产品逻辑是希望“用视频带动社交”。其实想一下，如果那个产品能够再往前走一步的话，做移动互联网方向，没准儿可以成为美拍那样的产品——当然这只是我个人的马后炮。

我刚一入职就赶上新项目立项，公司雇了个大巴车把我们乌泱乌泱地拉到了怀柔还是密云的一个度假村里，一层吃饭，二层睡觉，三层上班，包吃包住搞封闭开发。那阵密集工作也是我技术进步最快的阶段，而且更加欣慰的是，终于不用每天跨省上下班了。

某天吃饭的时候，一个产品部的同事跟我聊天，说我们这家公司去年刚吃过官司，现在老板还在监狱里关着呢。

原来，我所任职的这家公司曾经有个部门，这个部门的员工每天的职责就是去海淀黄庄的地铁口找小商小贩们买盗版碟，然后私录转码上传到公司网站，再加上贴片广告卖钱。他们买的都是一些境外的美剧，想着说天高皇帝远，没人管没人查，结果纸包不住火，最终大洋彼岸的版权方找了来。传闻老美特别看重这事，甚至传到了外交部，搞得特别严重，差点儿演变成国际事件。

没错儿，我就职的这家公司，就是中国第一家因盗版而受刑事追责的视频网站。

我当时就吓蒙了，赶紧问人家说，既然都犯法了，那咱现在咋还做视频呢。我同事说，以前盗版视频是员工传的，现在这个视频是网友传的，性质不一样。

我一听，更害怕了，心想网友的力量多大啊，合起伙来传盗版更可怕啊，看来这玩意儿是分分钟要把我送进监狱的节奏啊。

正好那天我接到一个电话，是公司设计部的一同事打来的，他说他跳槽了，现在去了一家创业公司。这公司老板是×当网的前副总，做细分品类垂直运营的电商项目，刚拿到了几千万美元的融资，今年项目要上线，明年就要做到几千万的流水，后年要干到行业翘楚，大后年就直奔纳斯达克IPO！现在公司求贤若渴，他在里面当领导，薪水待遇都好谈，让我快点去。

当时我上班上得心惊胆战，每天都活在会被人拔电源拽网线、查水表关监狱的阴影下，一听有这么好的机会，立马翘班去面试了。

那家公司给我留下很多好印象，也让我学到了很多东西，例如真正的扁平化管理和弹性工作制。我见老板就直呼其名，有什么事情都当面说，从来没有办公室政治，也不打卡记考勤，每个人都跟好朋友一样相处，非常自在。那阵子我们的业务也确实很不错，公司每天都在增员，没几个月人就过三位数了，流水天天翻番，甚至有时候忙到我都要客串客服，去库房打包帮忙发货。后来我还拿到了一部分的期权，对于当时懵懂的我来说，那简直就是分分钟就要成为人生赢家的节奏，想起来还有点小激动呢！

可惜好景不长，不知从哪天起，所有的媒体都开始疯传电商的资本寒冬来了，我们公司也未能幸免，临近年根的时候传来噩耗，说公司要裁员了。

当时公司的裁员赔偿标准施行的是行业惯用的N+1，即工作年限+1月工资（例如干了四年，赔偿金就是五个月的工资）。我本来听说裁员很是伤感，但后来一打听说N+1，顿时破涕为笑，心想这下可以一下子拿几个月的工资回家过年了，花天酒地地过完年，开开心心地再找个工作，岂不快哉？

结果后来一打听，公司说我“表现良好，技术能力非常出众”，竟然把我留下了！

一时间我既高兴又沮丧，心里五味杂陈，悲喜两重天，不知该说点什么好。

又过了一年，在我还没从五味杂陈的情绪中恢复过来的时候，公司通知我们被借调到另外一家公司，去负责一新项目，给公司增加点KPI——简单说，就是我们要被派去另一家公司上班了。

当时我一同事看到通知后，就私下对我说，看来咱们也要离开这公司了。我说，人不说了吗，借调，咱待几个月就回来了。

结果，两个月后，原来公司的离职协议和新公司的入职协议就双双摆在了我的面前。

我被借调去的那家公司是做外包的，就是知乎上经常说的那种——软件行业里最底层的、经常被某些人看不起的外包公司（当然我可不这么想）。当时我还住在通州，公司在海淀上地七街，我每天要坐单程两个小时、40公里的地铁公交跨越大半个北京城上班，又赶上项目繁杂、琐事多，加班成性，大部分时间我都睡在公司里。

某天，我熬夜加班到凌晨4点，困得实在不行了，就拉开一折叠床，靠着我的工位睡下了。我累得沾床就着，止不住地各种做梦——

我梦见自己坐在一只小船里，在大海上漂啊漂啊。这时，忽然狂风大作，一个巨浪就朝着我袭来，一下子掀翻了我的小船，把我拍到大海里——好疼啊！

我在梦里想，这梦做得太真实了吧，疼死我了！

醒来后我发现，原来我从折叠床上脸朝下摔地上了……

于是我下定决心离职，否则这样下去不累死也要疯。

在我考虑要换到哪个公司时，我另一个也在北漂的高中同学找我聊天。我俩都感叹在北京生活的不容易和看不到未来的无望，两个为生活所迫的失败的人一拍即合，打算回家创业。

走的时候，我望着北京西站嘈杂的人群，下定决心说，老子这一走可就真的不再回来了啊。

回到老家后，我跟几个高中同学一起合开了家广告公司。因为每个人专长不同，业务也就比较杂，大到电影宣传片，小到家门口新开的小饭馆的菜单，只要给钱，什么都做。

现在回过头想想，越年轻时的创业越像是一场儿戏，因为可以拿去赌的资本太少，我们又过于天真幼稚，把一切想得很简单，几乎没做什么准备，失败概率太大。年轻的时光虽然短暂，但依然有青春可以荒废；可是连青春这么宝贵的东西，我们都廉价得像超市甩卖快过期的烂鱼烂虾一样毫不犹豫地拱手奉献出来了，那理所应当地应抱有一些期待吧——于是就在这种矛盾的心态下，我们几个老同学之间的矛盾也越来越深。

因为业务繁杂，大家都不愿割舍自己的生意，劲儿不能往一个地方使，导致离我们说好的宏图伟业越来越远。我们开始暗地里在对方身上找原因，互相指责说对方对公司的业务不上心。最后，终于到了憋不住的那一天。

在一次醉酒的夏夜里，我们摔着酒瓶子，指着彼此的鼻子互骂白痴大笨蛋。

那一刻，我知道我们不但赔掉了我们的生意，还搭上了多年来的交情。

我的创业项目黄了之后，我又不知道该怎么办了。我不想在家里随便找个事业单位，但又无处可去。后来北京的一个做字体设计的朋友说他打算创业，于是我也加入，到他的公司打下手，接着按部就班地上下班。

以上就是我这八年来失败的职场经历。

3

一般来说，这种回忆录式的文章只有功成名就的人才有资格写，我这样在外面闯了好几年还一事无成的人，恬不知耻地写这个有什么意义呢？

我从19岁离开学校到今天，干黄过五个项目，见证过四家公司的倒闭，还有一次彻底失败的创业经历，现在的我依然没房、没车、没存款，我折腾到现在依然一事无成、孑然一身，整天活得像个失败的光杆司令。

可是这又怎么样呢？

我也很想要钱、要事业、要成功、要名利双收，但我跟你一样，虽平凡无奇却又不甘于平庸地折腾着，生活的意义就在于不断地去探索、去体会、去感受。我在这个过程中深切地感受到了现实的残酷和无力，就像上面那个比喻——活得像个失败的光杆司令。

《真心英雄》里唱“不经历风雨，怎么见彩虹，没有人能够随随便便成功”，我们可以随便哼唱它的旋律，却不容易真正领悟这背后的心酸。

回过头来看一开始提到的那个朋友的经历，创业失败、公司倒闭、职场失利、女友劈腿，这些事正常人都会经历，这可能就是大多数人的生活。

你现在过的生活，跟我的没有区别，我经历的失败在你看来不算什么，你经历的失败对这个世界来说也不算什么。

你今天的失败和迷茫是每个人都曾有过或正在经历的，在成长的路上，你永远不是孤单的一个人，因为在你未曾注意到的身边，有着太多太多的人与你在这条路上跌跌撞撞地一同前行。

希望那位朋友早点振作，该找工作找工作，该谈恋爱谈恋爱，不用纠结过去，更不用迷茫未来。

对将来的未知也是我们今天活着的意义，不是吗？

一起加油。

PART 6

路的尽头，依然是路

老K的理想

1

我曾经有过一个朋友，鹰钩鼻、国字脸、络腮胡、死鱼眼，好像扑克牌里的红桃老K，于是我们就叫他老K。

但老K最大的特点不是长得像扑克牌，而是老。

记得刚入学的时候我在宿舍看到老K，他穿着拖鞋端坐在下铺，见我也不理睬，专心致志地抠他的脚，仿佛那是一块尚未开垦的荒地，他的手是老黄牛拖着的犁耙，一亩一亩地拔除植被、播种、洒水、施肥，再收割，如此反复几个来回。

我当时误以为他是某个系的主任或者辅导员，正视察工作，欢迎新同学，顺便坐在新同学的床位上开垦开垦荒地、种种菜、抠抠脚，便没敢打搅他，一直提着包站在旁边看着。约莫半个小时后，老K终于收工，看了看自己那只被抠得斑驳的脚，满意地欠了欠身，然后看着我说："你也来坐一会儿？"

我紧张地解释说："不了不了，您坐您的，我没什么事，就观摩学习一下。"

他打量了我一下，说："新同学？才来报到的？"

我傻傻地点了点头。

然后他坐到我的对面，脚撑在床上，向我伸出手说：“你好，我是你的室友。”

我联想起刚刚的场景，咽了口唾沫，也伸出了我的手。他很欣慰地握紧了我的手，那一瞬间我仿佛闻到了一股秋收的味道。

不过那味道里还夹杂着一股汗脚和皮炎平软膏的气味。

2

单从长相来说，老K称得上有模有样。他手腿都很长，个头将近一米九，脸上布满胡楂儿，长发漫过脖颈，文艺范儿十足。他经常挂在嘴边的话是，他将来要做一个与众不同的人，誓要干出一番大事——这是他的理想和毕生的追求。

有一次文学社举办了一个比赛，老K兴冲冲地去参加，领到题目后，他熬夜奋笔疾书。次日我醒来，看他仍旧在写，我说：“你都写了一整个通宵了，写得如何了？”

老K说：“我前半夜一直在构思整部小说的结构，写了三页的大纲，然后又花了大半夜的时间梳理人物关系，我估计得有个十几万字，你且等着吧。”

我好奇地要拿来拜读。

他不答应，说书不成文不许看。我没办法，问他什么时候可以让我看。他说，也就三五天吧。

三天后，我问他写得如何了，他说他最近思绪有点乱，需要调整一下，让我再等两天。

两天后，我问他进展如何了，他说好了好了，有思路了，再等一天。

一天后，我照例问他，他从抽屉里拿出一个本子给我，说："看吧。"

我很高兴，怀着忐忑且激动的心情翻阅着，但刚看了两句，我就觉得不太对劲，我问他说："你不是写的小说吗，怎么整出了篇获奖感言？"

他不好意思地笑了笑说："其实吧，我觉得，我这部小说一写出来肯定很轰动，会卖断货的，各种奖项一定纷至沓来。但是呢，我现在还没什么具体思路，所以先换换脑子，写下这篇获奖感言，反正早晚都用得着的嘛。"

我无言。

某天，文学社的哥们儿问我说老K的文章写得怎样了，说这比赛都临近尾声了，既然他都报名了，总要拿出几万个字来交差吧。

于是我找到老K传达了中心思想。他皱了下眉头，说："这十万字还挺难憋的，能不能再通融通融？"

我说："再通融下去，你就只能等下届比赛了，人家等着你交差呢。"

他思索了下，灵机一动，说："来，你把我这个获奖感言拿去提交一下吧。"

我说："你这算什么呢，人家要的是你那好几万字的震撼之作。"

他说："没事没事，我今晚稍微润色改一改，咱整一批评文学出来！"

我无可奈何地叹了口气，因为我认识好多这种"新锐青少年作家"——写小说写了一千字不到就已经提前把诺贝尔文学奖、茅盾文学奖、鲁迅文学奖、庄重文文学奖的获奖感言都一并写好了。

从此我便不再问他小说的进展。

3

老K有一个女朋友，叫芬，是他高中学校的校花，注意，他说的可是校花。当然我们可不信，每当他向我们吹嘘他的校花女友时，我们就只把他的校花当作笑话听。他说他的芬跟他一起报的志愿，但是高考的时候他的芬没发挥好，考进了T城的一所职校，从此跟老K远隔千山万水地谈起了距离就是美的异地恋。

可是跟很多的异地恋一样，距离拉开了，美，没了。

某天，老K没去上课，独自一人窝在宿舍发呆，见我进来了，沮丧地说："喂，你这两天有事吗？"

我把书包扔到床上说："还行吧，明天要去联合国开个会，完事再去伊拉克了解一下中东局势。"

他白了我一眼，说："跟你讲正事呢。"

"怎么了？"我问他。

"那个……你要是有时间的话，陪我去趟T城吧。"

原来，老K的芬已经将近一个月不跟他联系了，没有缘由地电话不接短信不回。昨天老K在网上看到她和一个男的的合影，怀疑她变了心，想亲自到T城看一看。

他递给我两张去T城的火车票。

从我们学校到T城有910公里，很远，要坐整整一晚上的火车。我们晚上7点出发，到达T城职校的时候已经是第二天上午10点多了。我们蓬头垢面地站在学校门口，老K掏出手机给芬打电话，依然没有人接。我问他怎么办，进去找还是在门口等。

他说，等。

将近中午12点时，大部分学生都开始出校门。我买了个面包，边啃边等。

我说："喂，要是还等不到呢？"

他说："那就继续等。"

忽然间，老K丢下手里的面包，朝学校里跑去，我跟在他后面，边跑边啃。老K终于等到了变了心的芬，此刻她正挽着一个裤子上镶嵌着各种铆钉、顶着一头金发的男生和他有说有笑。

接下来就是狗血的剧情。

老K抓住那男生的衣领，质问芬这是哪儿冒出来的小瘪三，芬不作声。混混男推了老K一下，说你哪儿的啊，敢这么跟爷说话。这时我走过来打圆场说，都别动手别动手，大家有话好好说嘛。

我边说边趁混混男不备，朝他裤裆猛踢了一脚。

那哥们儿疼得蹲在地上。

可俗话说强龙难压地头蛇，那混混男踉踉跄跄地起身。他大喊了一声，一下子就招呼来一群人，把我们团团围住，局势瞬间逆转。

我俩在众目睽睽之下，被他们按在地上当活靶子，又踩又踹，操练各种武功，不知道是谁还吐了一口浓痰到我脸上。我本以为这是最丢人的事，可是接下来老K干了一件让我恨不得找个地缝钻进去的事。

他被摁趴在地上，半边脸贴在地面，脸上印满了各种牌子的鞋的鞋印，眼泪顺着脸颊哗哗地往下流，边哭边向芬挥手说：“芬，求你了，别离开我……”

一时间，他的那张看起来很老的老脸显得更老了……

这就是两个笨蛋千里迢迢、万水千山到人家地盘寻衅滋事的下场。

4

从T城回来后，老K终日闷闷不乐、黯然神伤，一脸郁郁不得志的样子，而郁郁不得志的后果就是郁郁得了痔疮——某日，他一觉醒来发现屁股上长了一个大疮，疼得他步履蹒跚，远远看去就像个迟暮的老人。

正巧当时市里某个机构牵头组织举办了一场大学生DV短剧比赛，我们班也报了名。辅导员组织当时文学社里的一帮号称很新锐的文学小青年，集体写了一个符合主旋律的剧本：

邻近高考，某高三毕业班的一位同学的父亲得了癌症，这位同学因为挂念父亲的身体而闷闷不乐，无心学习。班主任很担心，便组织同学们去医院慰问，并在课余时间给这位同学补课。在大家的努力下，他的父亲终于战胜病魔，得以康复，而这位同学也以优异的成绩考入了理想大学。

听起来极度无聊的故事，怎么看都不像是出自文学社之手。不过后来我又潜心研究了下文学社的其他作品，每篇都让我感觉像是在读小学生作文选——的确很新锐——于是我就相信了那剧本一定出自文学社之手。

剧本有了，演员也基本上是内定的，场景也就那么几个，辅导员又搞来几台廉价DV准备开干了。这时候需要提一下扮演学生甲父亲的演员——我们的系主任，一个四十多岁的中年男人，叫万建国，而且后来他真的因为这部戏差点儿挂了。

5

那天要拍一场戏，剧情是这样的：毕业班的同学们亲切地陪同学生甲的父亲来班级与“民”同乐。

本来很简单的一场戏，可辅导员却一丝不苟地来回拍了十几次。正巧初秋时节，盛夏的余温尚未退却，秋老虎来袭，教室环境差，不透风，又闷又热，我们挽着万建国在教室里踱来踱去，反复十几次。拍到后来我们实在扛不住了，准备罢工。这时万建国突发心肌梗塞，倒地不起。刚开始我们以为他入戏了，正自我发挥，还特意在他倒地的时候给了一个大特写。

可观察了一会儿感觉他不像是装的，才明白假戏真做——他好像真的快不行了。

万建国因为拍戏过度劳累住了院。我们感叹翻身农奴把歌唱，但有人欢喜有人愁——辅导员急坏了，因为临时找不到合适的人来接替他的角色。这场比赛的竞争很激烈，连传达室的老头儿都已经被借调到某系演古装剧里的白眉老仙了。

我们的拍摄也只能暂时搁置。

6

老K很长时间没有去上课了，因为他的痔疮已经严重到连下地都困难的程度。后来他自己琢磨说“把卫生巾垫到屁股下面”可能会减轻痛感，但又不太好意思到超市去买，也没有女生肯借给他用，于是他就在淘宝上订了几包。

他来班里收快递的时候我们都很震惊，看着他一瘸一拐蹑手蹑脚的样子，我们揪心不已。这时候辅导员才想起来，原来班里还有这么一号“年芳二十却长相四十”的奇男子，尤其是老K走路的姿势，那种踉跄的走法是连影帝都模仿不出来的。

于是辅导员拉着老K东拉西扯，扯了一会儿便直奔主题，问他对拍戏有没有兴趣。老K当时只想取个快递，可被辅导员拽着又不太好意思走，只能强忍着巨痛说：“演戏嘛，凑合吧。”辅导员说：“那就好，我们现在缺个角色，你来试试看吧。”

回去后老K抱怨说：“老子怎么躺着都会中枪呢？”——但我们想了下，依他目前的状况，躺枪是有点困难，只能让他趴着中了枪。

老K参演的时候已临近尾声，可能因为中间耽误了些时间，辅导员追求效率，不再吹毛求疵，大多镜头都是一次就过，最后在年底拍完，并顺利提交到组委会。

7

后来，比赛结果揭晓，让我意外的是，我们这部看起来匪夷所思的片子，竟然获得了三个大奖——最佳演员奖、最佳手法奖、最佳剧本奖。

首先，我对第一个奖完全没有异议，很明显这是颁给老K的，他在剧中完全就是本色出演，一颦一笑都让人揪心不已，不了解他的人会以为他真的患有癌症，而了解他的人都清楚——他走的每一步真的都是痛不欲生啊！

第二个最佳手法奖，这个委实让我郁闷不已，我到现在也没琢磨明白这片子的手法到底好在哪里。就拿镜头的效果来说吧，拜辅导员搞来的那台廉价DV所赐，加上我们的拍摄水平业余，整个片子怎么看都有一种20世纪六七十年代拍的乡村题材的电视剧的感觉。这种感觉在剪片的时候尤为强烈。我经常误以为，镜头一转我就能看到篱笆、女人和狗。

至于第三个奖，最佳剧本奖，是最让我匪夷所思的，因为这个故事无聊、沉闷、漏洞百出，完全就是小学一年级的水准。

我看过同期参赛的几组作品，都很有趣，例如金融系的一帮“眼镜男”，拍了一部由108人出演的武侠史诗剧《金融奇侠传》——就是上文提到的那个把传达室老头儿都借调走出演白眉老仙的剧组，讲述了一个人无意间掉进了一个坑里，吞下一只蛤蟆后变得天下无敌的故事。

又或者体育系的汉子们拍的《欢乐动物园》，讲述地球感染了某种病毒，人们都退化成了猩猩的故事。

又或者酒店管理系的姑娘们，翻拍的《无间道之五星级女人们的战争》，讲了两家势不两立的酒店钩心斗角、互相拆台的故事。

8

DV短剧拍完后，又或者说是在得了最佳演员奖后，老K忽然发现自己在影视方面有着惊人的天赋，醍醐灌顶一般地开了窍。他高兴地向我们宣布他找到了人生的方向——他要做一个演员，而且是自导自演的那种！

我们听完后的第一反应是："怎么痔疮还能把人疼糊涂了？"

但老K完全没有理会我们的嘲讽，他开始疯狂地看各种有关电影制作和演员素养的书。那个时候老K已经做了手术，处在恢复状态，医生叮嘱老K少吃饭、少拉屎，这样利于身体康复。

于是老K每天几乎油盐不进，把时间和心思都花在"怎样才能当好一个演员"的研究上，研究得走火入魔、废寝忘食。

这样真的很利于身体康复。

于是老K便雄赳赳气昂昂地跨入了影视圈。

9

老K宣布步入影视圈之后，经常与校园各大艺术社团周旋，企图给自己谋求一个醒目的位置。无奈此时的老K大病初愈，没有了当时得最佳演员奖时的状态——谁让人家那会儿是本色出演呢。于是老K只能经常客串客串路人甲乙丙丁，跑跑龙套，然后抱怨这帮人瞎了眼不识货，感叹千里马常有而伯乐不常有。

老K在学校苦寻伯乐无果，便把眼光放向校外。不多久，他便混进了一个由少量普通青年、大量文艺青年组成的地下电影圈。我有幸跟着他接触过这个圈子。在我看来，他们的电影风格可以根据性别的差异分成两派——

男性一派普遍镜头感不强，没有配乐，主人公十有八九是矮矬穷的小混混。场景一般是歌厅、游戏厅、台球厅，并在这里认识各种姑娘，日子过得浑浑噩噩，一场片子下来能让人昏睡二十八次。

女性一派迷幻且摇滚，而且故意不把摄像机拿稳，片子左摇右晃，镜头感极强，让人眼晕。女主角一般都是有自虐倾向的少女，并伴有轻微的妄想症（这种病症会伴随着剧情的推进变得严重，最后演变成精神病）。场景大多是游乐场、楼梯间、教室、操场、马路、荒野、精神病院。剧情或喃喃自语或跌宕起伏，并且没有过渡，总是镜头一转就换了场景。男女主人公总是莫名地奔跑、呓语、欢笑、哭泣。

当老K跟他们在一起从一个普通青年升级为一个文艺青年的时候，他便开始注意自己的形象。首先，脚是不能再抠了——至少不能随时随地地抠——毕竟自己是最佳演员，也算是公众人物。澡也要勤洗，一天三次，比吃饭还勤，洗得皮白肉嫩，吹弹可破。白了之后也显得不那么老了，大有越活越年轻的势头。

为了让自己显得更年轻一点，又或者是为了能更像这个圈里的人，老K做了一个惊人的决定——他要去扎个鼻钉！

10

给身体穿个洞这样的事情是需要勇气的，于是他便怂恿我一起共享美好人生。我在他的蛊惑下迷迷糊糊地走入了那家首饰店，我问店员小姐扎鼻钉疼吗，小姐笑眯眯地说，只有一点点疼，就跟蚊子咬了一下一样，让我放心，他们的技术好得很，给很多明星穿过洞，质量保证，信誉第一，实力说明一切，受到国内众多客户的好评……

老K说：“打住打住，别啰唆了，有收获必有付出，再疼我也能忍，开始吧。”

于是店员小姐住了嘴，从抽屉里掏出一把手枪造型的镊子，镊子前面夹着一根短针。店员小姐把老K的鼻子夹住，然后说一、二、三，就按下了扳机。

只听砰的一声，短针扎进了老K的鼻孔。老K“啊”的一声，抖了一下，然后呆站在原地，默默不作声。

短暂的沉默过后，我问老K说：“疼吗？”

他缓缓地扭过头来，泪流满面地对着我说：“不疼。”

可他的鼻子已经通红通红的，大了好几圈，黑头也粒粒分明，活像一个熟透了的草莓。

我说：“不疼你哭什么？”

他擦了一下脸上的泪说：“我也不知道，我不想哭的，眼泪自己就流下来了……”

扎鼻钉的小姐熟练地取下枪说：“没事的，这是自然反应，别担心，真不疼的。”然后她又给枪上塞进一根短针，面对着我说：“该你了，来吧，没事的，真不疼。”

我吓得撒丫子就跑。

几天后老K便戴着一个硕大的鼻钉趾高气扬地出现在我们面前，伴随着鼻钉的是一个崭新的火红鸡冠头和两个深邃的黑眼圈，他笑眯眯地跟我们打招呼，一挥手露出了金光灿灿的廉价手链和镶着骷髅头的大钻戒。

我觉得他那个鼻钉选得有点失败，黑色的水钻，近看星光闪闪，远看像是一颗黏在鼻子上的已经风干的大鼻屎……

他光荣而彻底地进化成一个2B青年了。

11

当老K光荣而彻底地进化成一个2B青年的时候，便跟我拉开了距离。他从宿舍搬了出去，偶尔有几次回学校找我借钱，说最近要拍个新片子，演员阵容强大，剧情缠绵悱恻，思想意义深刻，是一部不可多得的史诗级大片，可惜资金还没有到位，差点儿钱，一万两万不嫌多，一百两百不嫌少，让我帮帮忙，有钱的出钱，有力的出力帮他借钱。刚开始我还念在旧情给他个十块二十块，但此伎俩来回反复地用，毫无新意，电影也不见开拍，我便彻底跟他断了交情。

后来——哦，这段我是听同学说的——

老K又来学校找同学借钱，对方不给，老K便伙同他的同伴硬来，不巧被系主任万建国看到了。万建国妄图阻止他们的可恶行径，却惹怒了他们，于是在老K的怂恿下，他们联手再次把万建国送进医院。

而这次万建国再也没有出院。

于是我便再也没有见过老K。

12

后来我来到北京工作，住在海淀一个古老破败的小区里。小区外有条狭长且肮脏的过道，沿街各种压根儿不洗碗的小饭馆和压根儿不洗头的洗头房林立。每当我下班经过那里，洗头房里浓妆艳抹的姑娘们都会伸着萝卜一样的大腿向我面露淫笑，各种挑逗。

每次我都吓得撒丫子就跑。

有天，大约晚上8点，我在小饭馆里面喝粥，听见外面吵吵嚷嚷，出门一看，一个“萝卜腿”指着一个胡子拉碴的中年男人破口大骂，说对方给了假钱，说这年头怎么人心不古，连她们这种做小本生意的弱女子都骗，边骂骂咧咧，边撕扯抓挠那人。那个人笑嘻嘻地说多大点事啊，我是导演，让我占占便宜顶多算是潜规则，将来哥哥给你个女一号当当。

那男人扭过头，路灯下，脸上硕大的鼻钉星光闪闪。

13

我帮老K付了嫖资，并要了几瓶啤酒和几盘小菜。我问他这些年过得怎么样。他说：“你也看见了，我这是在体验生活，现在的年轻人，太浮躁了，有收获必有付出，不经历风雨怎能见彩虹呢。我之前都跟那姑娘说了，我是明星、导演，得过最佳演员奖，将来一定好好捧捧她，给她个好角儿，一定火，你说是吧？”

我说：“是是是。”

他说：“我现在拍了好几部片子呢，都特好，就差钱宣传了。要是有人宣传，那一定能一炮走红，票房绝对超过《泰坦尼克号》，赛过《阿凡达》。”

我说：“是是是。”

于是他又神气活现地给我描绘他的人生理想和宏伟蓝图，越说越高兴，越说越离谱，啰啰唆唆、喋喋不休地吹个没完。我只得一个劲儿地说好好好。

酒过三巡，我打断他，问："老K，你还记得我叫什么吗？"

他忽然愣住，眉飞色舞的表情凝重起来，想了半天，说："哦，我想起来了，你是张伟。"

我说："不。"

"那，你是胡亚男吧！"

我说："不。"

"那，陈龙？"

我说："不。"

他接二连三地说出了十几个名字，有我认识的，有我不认识的，但唯独没有我的名字。

过了许久，他忽然说："啊，我想起来了，你是丰凯嘛，对不对，咱俩上学那会儿经常一起上厕所的。"

我喜笑颜开地举起啤酒说："老哥们儿你终于想起来了啊。"

他也很高兴地说那是，主要是现在交际圈太广了，人经常记混，所以一时半会儿没想起来，让我见谅。

我说，哪能呢，都是老朋友，别说这么见外的话。

之后我们又寒暄了几句。走的时候我结了账，103。我给了服务员200，找了97。他接过去，说手头紧，电影宣传差点儿钱，问我方便再借他点钱吗，电影一发行，他就立马还我。

我只好又给了他100。

他把钱塞进口袋，并亲切地拉住我的手说，在社会上漂了这么多年，见识了人情冷暖，果真还是老同学最够意思，说以后有什么事他一定鞍前马后，效犬马之劳。

我说好好好。

于是老K掏出一张写了数字的纸给我，说："今儿出来得太匆忙，没带手机，这是我的联系方式，兄弟你要是有什么能用到哥们儿的事情，记得给我打电话啊，欠你的钱我很快就还你。"

我说："好好好，没关系的。"

然后老K又要我的电话，我说："你稍等下，我刚换了号码，号我自己都没记住，你等我翻一下。"

他说："你看，我记得上学那会儿你记性就没我的好。"

我一边说"惭愧惭愧"一边从电话本里翻出一个号码写给他。

他一看纸上的号码，说："这是一个什么号码，固话吗？"

我说："这是电信CDMA2000的新号码，刚启用的号段，5G的，网速快，资费还便宜。"

他一拍脑袋说："哦哦哦，是这啊，我见过的。我有个演员朋友就用这个号，好像可便宜了，就是听说信号不太好。"

我说："还行。"

于是他恍然大悟，说："改明儿我也办一个去。"

我说："好好好。"

分别的时候他大声地向我喊："再见了啊，丰凯。"

我说："好好好。"

可是，丰凯也不是我的名字，是我们的同班同学，毕业后去了巴西留学。

老K他终究还是没能想起我的名字来。

14

再后来的某一天，一个朋友给我打电话说接了个活儿，给某某公司拍宣传片，10万块，问我认不认识搞摄影摄像的人，叫过来一起做，钱大家分。

我想起老K，于是翻箱倒柜找到那张写有他号码的字条，打过去，一个女声说该号码已经欠费停机。

我暗骂道这个笨蛋，怎么穷得连话费都交不起，一个电话也不给我打。

这时候我忽然想起来，那天晚上，我给老K的那个号码，也不是我的，那真的是丰凯的号——那是一个巴西的国际长途，我从来没有拨过，传说打那个号一分钟要100块钱。

这之后，我便真的再也没有见过老K。

愿你在彩虹旗飘扬的地方

1

天天是健身房的常客，比我去得还勤。我之所以会注意到他，是因为我们健身房瑜伽课的女教练身材实在太好了，导致每次我从玻璃门前经过的时候都忍不住要往里面瞅上两眼。看完女教练之后就一定能发现天天，他很显眼，一个一米七几的男人穿着紧身衣夹在一帮软妹子中间，一丝不苟地练着各种高难度的瑜伽动作，很难不让人印象深刻。

他体型偏瘦，皮肤白皙，刘海儿很长，看起来很清秀，总让我想起我以前认识的一个T（女同）。

高中时，我一哥们儿曾喜欢过一女孩，但那女孩跟一个T玩得特别好，两个人几乎形影不离。我那哥们儿不明就里，真以为那是个男孩，气不过，找了一帮小混混打算收拾她。最后女孩赶忙跑来把那个T拉到女厕所避难，众人才知道自己傻兮兮地搞错了人家的性别。

天天就像那个T一样，非常中性，甚至偏阴柔美，从外表看，性别辨识度极低，如果那次不是在淋浴时看到光着身子的他，我几乎就认定他是个女孩了。

2

天天在健身房几乎只做一件事，就是练瑜伽，我几乎没在别的区域见过他。

可是某天，他忽然换上了一身运动服，走到了器械区。那天健身房里没几个人，他指着卧推架问我能不能帮他看护一下，他怕受伤。

我辅助他做了几组卧推之后，他向我表达感谢，并去吧台买了瓶水送我。

他走之后，吧台的服务员告诉我说，让我远离天天。我说为啥，服务员说那是个变态，这里的人都躲着他。

3

几天后，天天又穿着一身运动服来到器械区，他羞涩地跟我打了个招呼。我也没把那天吧台服务员的话放在心里，喊他来一起锻炼。一块练了几组杠铃后，他又给了我一瓶水，并跟我聊了起来。

我问他："你以前不都是在瑜伽室吗，现在怎么来做自由重量了？"

他回答说，因为他喜欢上了一个人，可那个人说他有点娘，所以他想来练一练，多增加点男子汉气概。

我一听，不知说什么好，想了一下，便客套地说："你只是过于瘦弱而已。"

他说："可是我喜欢的那个人也是个男孩啊！"

我这才知道，其他人之所以说天天是个异类，原来是因为他从来不向外人隐瞒自己的性取向。

4

天天是湖南人，他用浓厚的家乡口音给我讲了他的经历。他从小就知道自己喜欢男孩，但从来不觉得这有什么好奇怪的，一直也不认为自己和别人有什么不一样的地方，顶多就是自己长得比较女孩子气而已。

可是别人不这么看，他们觉得他很奇怪，是个异类，班里的同学全都笑话他是个变态，上厕所时都要求他最后去，甚至有强势的男孩把他压在课桌上，模仿着强奸的动作欺负他。他的初中班长是个女孩，经常以取笑他为乐。有天，她在班会时又当众开天天的玩笑，她送给了他一面镜子，说："死变态，难道你不知道你自己长什么样吗？"

于是他就天天看镜子，可他还是不觉得自己特别。

几年前天天刚来北京时，找了一份保安的工作。别人一看就知道他是同性恋，全都对他退避三舍。他后来待不下去了，只好经常换工作。接触的人多了之后，他也就渐渐习惯了社会异样的眼光，甚至跟别人自我介绍时主动告诉别人自己是个gay——反正早晚都要跟人解释，倒不如提前说明白了，他苦笑着说。

天天从来不觉得自己跟别人有什么不一样，他虽然含蓄内敛，但为人热情，心思细腻，算是个可以交的朋友，如果非要挑毛病，那顶多就是瑜伽练多了，导致他看起来确实是有点娘。

他讲完他的经历后，反问我说："你也会害怕我这样的人吗？"

我说："这有什么好怕的，这很正常，每个人都有选择自己生活方式的权利。"

他很开心，觉得认识了一个知己，于是我们就逐渐熟络了起来，经常在一起锻炼。

5

某次，我照旧运动完后在健身房浴室洗澡。这时我旁边一陌生哥们儿的肥皂掉了，滑到了我的脚跟前。我弯腰去捡，那哥们儿很惊悚地推拒说：“别别别，别捡了，那肥皂我不要了。”说着说着，这家伙的脸竟然红了！

我纳闷儿地说：“这不新肥皂吗？你拿去冲冲还能用，干吗不要，钱多烧得慌啊？”我边说边把肥皂递给了他。

他拿着肥皂，弱弱地嘀咕了声：“你到底是不是个gay啊？”

于是我对着那掉了肥皂的哥们儿骂道：“你会不会聊天啊，找削呢？”

那哥们儿赶忙给我道歉，并向我解释事情的来龙去脉。

原来，因为我跟天天走得太近，导致健身房的人都误认为天天找到了另一半，他们以为我也是个gay，对我也疏远了。

而天天也并不像他表现的那样热衷于哑铃和器械，其实他每次都是偷偷地躲在角落的另一间操课室里，看到我来了之后才悄悄换一身运动服来器械区，装作碰巧跟我遇到的样子。

忽然，知道真相的我愣住了。一直以来，我只拿他当一个性格开朗的普通朋友而已，并没想过天天竟然会对我产生好感……那一瞬间，我竟手足无措到有点害怕，吓得我几天都没再来健身房。

之后，我就默默地疏远了天天。每次他来找我的时候，我都推脱说有事，或者就跟其他人一起锻炼。当他看到我跟别人在一起有说有笑、玩得热火朝天时，就说，那你们先练着吧，我去跑跑步，然后转身留下一个消瘦又孤寂的背影。

6

半个月后的一个晚上，健身房一私教哥们儿过生日，是个四十多岁的大汉，非常壮，我们管他叫强哥。强哥在健身房的一间办公室拼了两张桌子，招呼我们一起吃火锅。我进去之后，发现天天也在——原来，一直教天天练瑜伽的那个身材很好的女教练竟是强哥的老婆。

我俩尴尬地面对面坐着，给强哥送上祝福。气氛慢慢热烈起来之后，不知谁起的头，大家玩起了喊七的游戏。也不知道天天是数学不行，还是心不在焉，总是喊错，连喝了几杯啤酒，我感觉他有了些醉意。

他的脸通红通红的，不知是羞的，还是醉的。

这时一哥们儿指着天天说："唉，你不能喝就别喝啦。"

天天并没有像往常一样若无其事地忽略掉别人对他的谩骂，他忽然趴在桌子上大哭了起来，他说："我知道你们觉得我娘，讨厌我，嫌弃我，可我也是个正常人啊。我跟你们一样要生活、工作，我跟大家唯一的区别就是我是男人，可我也喜欢男人，除了性取向外，我跟在座的所有人都一模一样啊。"

然后他站起来，摔破了酒杯，大喊说："你们为什么要这样躲着我，侮辱我？谁能告诉我，我到底是哪里得罪你们了？"

他把大家震住了，我们几个老爷们儿坐在对面集体默不作声，只好闷头吃菜。我悄悄瞄了一眼，强哥偷摸地挥挥手把他媳妇和孩子赶了出去——看来他也不想让他的孩子接触到同性恋。

这时另一个哥们儿为了打破尴尬的气氛说："没事，大不了你以后做个变性手术嘛。"

天天一听，哭得更凶了，说：“我不是人妖，我不是变态，我知道我是个男人！我只是纯粹从心理上喜欢男人而已，你们喜欢女人，我喜欢男人，这很奇怪吗？这件事情有那么难理解吗？”

强哥说不奇怪不奇怪，能理解能理解，并示意天天旁边的女孩带天天出去醒醒酒。那女孩起身拉起天天说：“你喝多了，我带你去厕所洗把脸吧。”

天天一把甩开那女孩的手说：“我是个男人，不是你们的女gay蜜！我也有自尊的！请你们不要总是把我当女孩子看，行吗？”

然后天天气呼呼地扭身出去。我看着他消瘦又孤寂的背影心里五味杂陈，在座的几个人都觉得极其尴尬，没有人再接过任何一句话茬儿，大家默不作声地喝着闷酒，思考着他刚刚说的话。

是啊，天天他到底做错了什么呢？

7

半个小时后，天天终于回来，他好像醒了酒，情绪也缓和了许多，他连忙给我们鞠躬道歉，说对不起对不起，刚刚是他酒后失态了，希望我们不要介意。我们如释重负地说没事没事，然后他说他刚刚团购了个新华大街的KTV包房，明天下午3点请大家去唱歌，就当他刚刚酒后失态的赔罪了，希望大家赏光。

然后他举起手机，给我们看订单截图。

强哥点头给我们使了个眼色，我们异口同声地说：“好好好，明儿下午一定去。”

散场的时候，天天还特意叮嘱我说：“一定去啊，明天下午，新华大街。”

8

我睡到第二天下午才醒，天天给我打过几个电话，我迷迷糊糊地想起来，他似乎约了我们下午唱歌，可是我感觉又有点尴尬，不想去。我说不出我讨厌他什么，或许他不讨厌，只是因为我觉得他跟我不一样，我在害怕他跟我的不一样。可是说到底就算大家的性取向不一样又有什么可怕的呢？他又能把我怎么样呢？

我不知道他能把我怎么样，又或许我只是纯粹讨厌我自己这副虚伪的德行。

反正我终究也没有接他的电话。

几天后我又去健身房，见到了强哥等人，我们又聊起了天天。我说我那天有事，没去唱歌，问他们去了吗。

一打听才知道，原来那天在座的七八个男女里面，竟然没有一个人去赴天天的约会。

之后天天就再也没在健身房里出现过。强哥告诉我说他老婆曾试图给天天打电话，催他上瑜伽课，可电话那头提示说此号已销，他的微信朋友圈也再没有更新过，我的所有留言都仿佛石沉大海。

看来我们这帮人是永远无法获得天天的原谅了。

9

大半年之后的某一天，我无所事事地上着网，忽然看到微博给我推荐“你可能认识的人”的列表里有一个所在地为“荷兰”的人，我心说新浪的算法越来越不靠谱了，我这小门小户的人怎么会有远在荷兰的亲戚朋友呢。

我百无聊赖地点开这个人的微博翻了起来，翻着翻着，我发现他就是隐匿了许久的天天。他一如既往地练着他爱的瑜伽，微博上传了各种高难度姿势的照片，他在不停地变换着工作和城市，最后一条微博定位显示，他在湖南娄底的某个小县城，那好像是他的老家。

于是我往前翻，翻到了强哥生日之后的那几天，我看到他发了一条长微博，他说：

从小我就知道，我生下来就是个错误，可能我真的是个怪胎吧！虽然我从来不觉得我有做错过什么，我没有异装癖，我也不想做变性手术，我只是个喜欢男人的男人而已。我认为我跟其他人没有任何区别，我跟正常人一样生活着，从来没有影响过别人的生活，可为什么所有人都觉得我是个怪物？

我的爸爸妈妈说我有精神病，逼我跟女人结婚，要不就送我去精神病院做电击治疗；我的同学说我是个死变态，笑我是个娘娘腔，在我的床上撒尿，侮辱我；我的同事都觉得我有传染病，躲着我，从来不跟我一起吃饭，于是我只好经常换工作。我只有瑜伽这一个爱好，我热爱这项运动，因为我在练瑜伽的过程中可以真正地获得身心的宁静，忘记性取向给我带来的烦恼。

可是，我没有得罪过你们，我总是请你们吃饭、送水，给你们买礼物，我试图讨好你们、结交你们，我真心待你们，把你们当好朋友，可你们为什么还要骂我、笑我、躲着我、侮辱我、嫌弃我……我就那么可怕吗？

或许这个世界上永远都不会有人理解我，或许我一辈子都只能孤单一人吧。

如果这个世界上真的有上帝存在的话，我想问问他到底为什么把我这样的一个怪胎创造出来！谁能告诉我，我到底做错了什么……

——是啊，天天到底做错了什么呢？

天天无法向我们解释为什么有人会生下来就喜欢同性，就如同我们无法解释为什么生下来就喜欢异性，或许这个问题连上帝也不会给我们答案。我清楚地知道没人有权利禁止他人的感情，因为那种情感是自然发生的，是动物性的表达，是绝对不可能被任何律法和政策强行终止并抹杀的。

我想起王小波在《沉默的大多数》里写道：

假定有个人爱一个同性，那个人又爱他，那么此二人之间发生性关系，简直就是不可避免的。不可避免、又不伤害别人的事，谈不上不道德。有些同性恋伴侣也会有很深、很长久的关系，假如他们想要做爱的话，我想不出有什么理由要反对他们。我总觉得长期、固定、有感情的性关系应该得到尊重。这和尊重婚姻是一个道理。

我曾经看过很多类似的道理，可是我依然没有过好我的人生，我并没有大度无私地给天天他本就应得的理解和尊重——想来真是无比可笑。在社会飞速发展的今天，在强调理解并尊重个体幸福的现代社会，我们竟然还坐井观天一般无法接受如此正常、多元化的状态，我们终日戴着有色眼镜，用长着刺的嘴去无端谩骂和伤害那些可怜的少数派。想来现在的天天一定带着昼夜不眠的孤独和难以言说的痛苦辗转于各个城市，困苦、苟且、不被人理解地生活着……

一想到这些，我就觉得我们这些愚蠢又自大的直男直女真是可笑、可恨，又可恶。

我看着屏幕上天天的微博头像，那是一面逆风飘扬的彩虹旗，由红橙黄绿蓝紫六色组成——他曾经跟我聊到说，那面旗子是他们同性恋者的骄傲，代表着他们同志社会五彩缤纷的生活。

我希望现在的他能在一个尊重性取向、多元共融、飘着彩虹旗的城市里生活——虽然我知道移民对他这种生活在社会底层的人来说是个遥不可及的梦，试图改变周遭人固有的陈旧思维更是一件难于登天的事情。

天天不知道哪里能够收留和包容他，我也无法给出他应该何去何从的答案，因为我也只是烂人一个，我也曾经用我的龌龊心态伤害过他。

我不知如何才能弥补我的过错，我只能寄希望于他能够遇到更多更好的人给他更多的理解和关爱。

10

我思索再三，终于犹犹豫豫地在键盘上敲了三个字——

对不起。

我点了发送，可之后屏幕上弹出一个对话框，说：“由于用户设置，你无法在此处发表任何评论。”

他终究还是不能原谅我们这帮人。

渣男的一百万种伎俩

1

孙玥玥为陆超打过胎，这件事只有李朗一个外人知道，因为是李朗陪她去做的人流。作为孙玥玥的青梅竹马，李朗从来没有否认过自己万年大备胎的身份，他清楚这样的位置，并且心甘情愿，只要她幸福。

谁让人在爱情里都是盲目的呢？

就像孙玥玥对陆超那样盲目。

陆超是他们校经管系的，长得不错，浓眉大眼，又很会说话，是个纵横多年未尝一败的情场浪子。他经常跟孙玥玥许诺美好未来，说两人毕业后要一起去法国定居，要在那里办一场最美的婚礼，在普罗旺斯花海下给她戴上爱神之戒。

他的甜言蜜语很奏效，孙玥玥对他一往情深，深得犹如她为他花的钱一样深不见底。两人在一起的几年时间里，陆超除了第一年情人节时在地铁站给她买过一束5块钱的枯萎玫瑰外，就再没掏过一分钱，两个人所有开销都是孙玥玥承担，甚至连在校外同居时的房租，花的都是她的生活费。

所以每当孙玥玥给李朗转述陆超那些海誓山盟的浪漫情话时，李朗都会不屑一顾地在心里暗自抱怨，去法国，去法国，就凭他那德行，他有什么本事去？

2

打胎的事是这样的，那天孙玥玥着急地跟李朗说自己快三个月没有来过大姨妈了，验孕棒试了几次都是两根红线，确认怀孕无疑。她在网上找了一家医院，预约第二天去做掉，但是陆超最近都忙，没时间陪她。

他忙？一个整天眼高手低的穷学生，忙个屁。李朗在心里骂道。

但李朗清楚，孙玥玥社交活动少，私人时间全给了陆超，现在的她除了爱情一无所有，能帮她的也只剩他这一个朋友了。她约的是个特别破的小诊所，夹在一个居民楼的商铺中，门口的电线杆子上贴着“老军医专治牛皮癣”的小广告，非常隐蔽，不花点时间根本找不到。

两人掀开门帘，里面烟气弥漫，有个穿着白大褂的中年人坐在一把破椅子上边抽烟边看电视。电视广告中一个老头儿正端个碗高兴地跟人推销说：“自从喝了这个口服液，我多年的糖尿病一夜之间就好了，真的太管用了。这碗里是我的尿，我刚尝了一下，太神奇了，我的尿真的一点也不甜了。”

李朗看了眼手里刚喝了一半的可乐，不禁反胃。

那个人看到他们进来，悠悠地站起来说：“是你们早上打电话预约，说要做手术的？”

这位大夫露着一口黄牙，穿着件油迹斑斑的比牙更黄的白大褂，黄豆一样的小眼透过眼镜，猥琐地盯着孙玥玥丰满的身体，嘿嘿地笑着说：“放心吧，我经验丰富，手术安全快速，无副作用。早上手术，下午你们就能回学校上课……”

李朗打断他说："您这医院有没有女医生啊？"

大夫双眼眯成一条缝笑说："有啥好害羞的，我行医多年，什么女患者没见过。小姑娘别害臊，你早点手术我早点下班，不好吗？"

孙玥玥坚决不依，说："你这儿要没女医生，那我就换一家。"

大夫小声地嘀咕了句。李朗听后气得伸手就要上去揍他。大夫连忙说："别别别，那你们稍等一下，我老婆，哦不，我的女助手出门去了，一会儿她回来给你女朋友做，行了吧？"

两个人只好坐在那儿无所事事地等着。等得无聊了，李朗忽然责怪孙玥玥说："你们俩是怎么回事，一点也不注意。"

孙玥玥撇了撇嘴说："还不都是他，总说戴套没感觉，不刺激。"

3

快到吃午饭的时候，这位大夫的夫人兼助手终于买菜回来了。那女人脸圆圆的，胖墩墩的，很喜庆。孙玥玥小声跟李朗说："你看她长得是不是很像贾玲？"

李朗说："拉倒吧，你这是来做人流的，当来看小品了？"

"贾玲"提着几头蒜和一棵大白菜，一听来生意了，放下菜篮子从厨房推出一台手术车说："来吧，妹子。"

半个小时后，孙玥玥从"手术室"中出来了，腿都是软的。李朗替她垫付了2000块钱手术费——那是他头天晚上连夜凑的，他知道孙玥玥没钱，他们家陆超管账。

李朗也觉得自己挺贱的，可他没有办法，他甘心为孙玥玥花钱，就如孙玥玥甘心为陆超花钱一样。

李朗挽着孙玥玥走出门。路上，孙玥玥忽然说："你知道吗，'贾玲'刚刚让我看了那'玩意儿'。"

李朗不解地说：“啥玩意儿？”

她说：“就是刚刚从我身体里掏出来的那‘玩意儿’，血淋淋的，跟只大老鼠一样。”

李朗说：“你心倒真宽，这时候还有心思逗乐。你知道吗，那是你的孩子，你杀生了！”

孙玥玥并没有理会李朗的愤怒，她问他：“你身上还有钱没，再借我点，我打个车。”

李朗问她说：“你这刚做完手术，还打算去哪儿折腾？”

孙玥玥说：“我去找陆超，他在网吧打LOL。”

李朗有点愤怒，他说：“你之前不是说他在忙吗，敢情就是忙着玩游戏？”

孙玥玥白了他一眼，说：“我们俩的事，你别管。”

李朗顿时觉得自己是个彻头彻尾的大白痴。

4

就在李朗下定决心再也不管他们俩的闲事时，没过几周，某天半夜，孙玥玥忽然哭着给李朗打电话，她说她无处可去了，现在一个人在大街上晃荡。

原来那天夜里，她没忍住突发的好奇心，趁着陆超睡着时，用他的指纹解锁了手机，翻了他的微信。女人天生就是做侦探的料，她找到陆超跟一个女孩的聊天记录，俩人痴男怨女似的在微信里互称对方为小亲亲，甜言蜜语，你来我往，无话不谈，对话肉麻，酸得让她恶心，陆超竟然也跟她许诺了法国普罗旺斯的浪漫婚礼，一看就是勾搭了很久。

这几天孙玥玥所在的城市在下雨，温度骤降，那女孩说她一个人睡觉很冷，陆超提醒她多穿点衣服，心疼她生病，说要不是自己学业太重，工作太忙，真想能天天搂着她睡觉。

陆超勾搭小姑娘的手段，孙玥玥太熟悉了，他们刚在一起时，每天也都是这样酸得让人反胃的对白。微信最后一句话是那女孩发的，她说，亲爱的，我想你了，咱们明天不见不散。

可是晚饭时陆超告诉孙玥玥说自己一会儿要早睡，因为明天有个兼职的面试，要早起。

孙玥玥愤怒地拽醒陆超，拿着手机跟他对质，可陆超睡眼惺忪、满不在乎地解释说，这是他远房的表妹，最近也刚来这里上学，他们南方人从小就是这样称呼对方的。孙玥玥不信，说谁会跟自己的表妹说要去普罗旺斯结婚啊，哪有你们这样乱伦的，真是臭不要脸。

她话音刚落，陆超就一巴掌打在了她的脸上——前阵子孙玥玥抱怨他缺乏运动，小肚子都出来了，体力也不太好，于是他最近疯狂地在校运动室健身。这身体果真没白锻炼，变得相当硬朗，打起姑娘来如疾风骤雨般，力道出奇地大，一巴掌拍下去，把孙玥玥的牙龈都扇肿了，嘴角滋滋地往外渗着血。

5

大概是半夜三点钟，李朗在一个十字路口找到了坐在地上痛哭的孙玥玥，她眼圈红红的，脸肿得厉害。李朗看着她委屈的样子，觉得自己的胸口被人狠狠地扎了一刀。

但是他嘴笨，不知该如何安慰她。两个人站在深夜的街头相互无话，他只是看着她哭，等她哭累了，就带着她找了个小旅馆。标准间没了，只有大床房，于是他们只好在床上背靠背地和衣而睡，从头到尾没说过一句话。

中间李朗上了个厕所，从卫生间出来后，他看到孙玥玥换了个睡姿。

她平躺着，被子被她掀掉了一大半，露出上半身。虽然她穿着衣服，可依然能够看到起起伏伏的清晰曲线。李朗傻乎乎地看了半天，觉得下体有点反应，他咽了下口水，努力让自己不去想那些乱七八糟的激情事。

他心慌意乱地再次躺下后，孙玥玥却迷迷糊糊地转了个身，用一只纤纤玉臂缠住了他的胳膊。这么多年来，他头一次跟她如此接近，他感受着她鼻息的一呼一吸，看着她嘟嘟的脸，虽然有点红肿，但依然掩饰不住她的可爱和甜美。他刹那间就鬼迷了心窍，下意识地凑了过去，想偷偷地亲她一下。

可惜他没有得逞。他的脸刚贴上去一点点时，孙玥玥忽然醒了。她侧躺着，睁着迷惑的大眼睛，看着他离自己不到一厘米的脸，愣了下，忽然起身朝着他挥手就是一巴掌。她像个烈女一样守身如玉地责骂他说："我原以为你是可以信赖的朋友，没想到也只是一个趁火打劫的浑蛋。"

李朗捂着自己火辣辣的半边脸，羞愧难当，尴尬不已。

两个挨了耳光的孤男寡女就这样坐在廉价宾馆的大床房里默默无声地挨到了天亮。

这件事情无疾而终，孙玥玥天一亮就回到了她跟陆超的出租屋里，仿佛昨夜什么都没发生过，他们继续放肆地过着幸福的二人生活。

李朗一个人在空荡荡的大床房里发呆，他再一次觉得自己是一个超级大笑话。

6

李朗想不明白，陆超究竟有什么魔力，能让孙玥玥如此死心塌地。后来他想清楚了，他跟陆超只差了两个字：帅和骗。

陆超长得确实好，小白脸一个，腿出奇地长，又能言善辩，远大理想和宏伟抱负天天挂嘴上，特别会哄小姑娘开心。而跟陆超比起来，李朗就相形见绌多了，他是一个毫不出众的人，相貌平凡，又不会说话，也没什么拿得出手的特长。

7

某天，李朗他们班跟另一个班搞联谊。大学生的联谊说白了就是为了释放多余荷尔蒙的相亲活动，再加上临近毕业，大家的兴致都很高，喝酒聊天，非常热闹。嗨了一会儿，不知道谁把陆超也叫过来了。他一到场就成了众人的焦点，他夸夸其谈自己最近在大公司的实习经历，游荡在女人堆里又唱又跳，开着黄色玩笑。其间，他的眼光一直在一个穿着暴露的女孩的胸部停留，渐渐地，他主动凑到那女孩身边，和她玩起了游戏。他故意输，好让那女孩打他的胳膊，两个人借着酒劲越玩越亲近。

这时，另一个男孩跟陆超打趣说："你小子真不厚道，有女朋友了还在外面撩妹，抢我们生意。早知道这样，哥们儿下次不叫你出来玩了。"

陆超白了他一眼，说："别提了，孙玥玥那丫头整天缠着我，烦都快烦死了，老子一毕业就要想办法甩了她。"

然后他又感叹说："你们啊，懂个屁，有些女人是用来爱的，而有些只是玩玩。”

李朗在一个角落里全程听到了陆超的话，那时候孙玥玥正傻兮兮地在家里帮陆超做一份实习报告，顺便凑钱托人给他写毕业论文，还买了很多五彩的便笺纸，打算叠一堆千纸鹤，要给他准备一个浪漫的毕业典礼。

李朗联想到孙玥玥为陆超所做的一切，想到她为他买的每一样东西、她打胎所受的痛和流的血，以及深夜被陆超赶出家门在寒风中哭泣的可怜模样，还有她曾经被陆超打肿的那半张脸……他再没法忍住心里的怒气，他决定毁了陆超这张能害人的脸，于是他抄起一个啤酒瓶子就朝陆超砸了过去。

结果陆超躲开了。

酒瓶砸在了陆超身后的墙上，玻璃碴碎了一地，溅到几个女孩的身上。她们哇哇大叫，惊慌失措地四散而去。陆超不明就里地看着向自己扑来的李朗，他实在想不起来这个毫不起眼的蠢家伙究竟跟自己有什么过节，只当作一个小流氓的酒后失态。他抬起他的大长腿对着李朗的肚子就是一脚，李朗被踹翻在地，还没来得及爬起来，陆超的狐朋狗友们就一拥而上，对他一阵猛烈地拳打脚踢。

没有人关心李朗为什么要不自量力地挑衅陆超，他们只当李朗是一个沙袋，不问缘由地按着他的头猛揍，发泄着临毕业的放肆情绪。

在那之后，李朗很久都没有出过宿舍的门，他整日闷在被子里哭，这中间孙玥玥来看过他几次，都被他拒之门外。后来，孙玥玥给他发微信问他到底发生了什么，他想了半天，才鼓起勇气把事情的来龙去脉告诉她，最后他说，陆超就是个玩弄感情的无耻渣男。

孙玥玥看完后，在手机那头悠悠地回了句：“关你什么事。”

李朗蒙着头，哭得更厉害了。

8

李朗跟我聊到这里时，我说：“那哥们儿最后怎样了？像这样的人下场一定很惨吧！”我提议说，“要不然我干脆在文章里把他写死算了，例如说他最后因为玩弄女性得罪了人，出门被车撞了，或者被老天爷降下的一道雷劈死，要不我就写他生活不检点，得了性病，最后浑身腐烂而亡，帮你解解恨。”

李朗瞪了我一眼，说：“没必要，你有一说一就行。”

9

毕业后，陆超总说要找工作，也没见他找到什么合适的职位。他之前吹嘘的所谓大公司实习也只不过是在保险公司里做销售而已，他看不起这样需要烈日当头站在大街上低三下四、被人吆五喝六的工作，他要做一份体面的、收入高又不那么辛苦的工作。于是他终日在家里吹着空调看电视，要不就出去跟朋友上网联机打游戏，饿了就用孙玥玥的工资点外卖。

孙玥玥在一家公司找了个前台的工作，早九晚六，不算忙，一个月税前3500，下了班之后还做做微商，弄点外快。李朗帮他们算过，日子按着这样的收入和开销过下去，孙玥玥还得再玩着命地干上一百年，才能到普罗旺斯办婚礼。

陆超到最后也没有找到一份合他心意的工作，但是他却找到了一个合他心意的女人。李朗不知道那女人什么背景，只知道她条件相当不错，他清楚陆超为了拿下她肯定花了不少心思——就像当初陆超为了拿下孙玥玥那样处心积虑。一开始孙玥玥并没有对这事情上心，毕竟虽然陆超这些年拈花惹草，但始终都没逃离出自己的手掌心。

但是，这次她错了。

某天，陆超忽然在微信里给孙玥玥留言，说谢谢她这么多年来为他无怨无悔地付出，但是他压力很大，他说跟她在一起很累。他称赞她是个好姑娘，自责自己没出息，配不上她，说自己不值得她为他牺牲这么多。他说在一起这么多年了，很累，想静一静，希望她能给彼此一点空间。

他的话说得滴水不漏，字字真诚，感人肺腑，没有给孙玥玥任何挽回空间。

当孙玥玥还没从被发好人卡的阴影里走出来的时候，陆超已经另觅新欢，并马不停蹄地在朋友圈里毫不避讳地晒着幸福。那女孩家里果真很有钱，他终于如愿以偿地花着女人的钱去了法国。普罗旺斯的花海在手机滤镜的修饰下显得更美了，美得孙玥玥伤心的眼泪就没有停过。

这下李朗终于熬出了头，备胎转正做了名接盘侠。但是他心情很复杂，他知道自己是一个存在感很弱的普通人。他不懂风情，不向往也难理解远在地球另一端的城市里的花花草草到底有什么魔力；他胸无大志，只想过安稳日子，更不会说什么好听的情话来哄人。他经常看着孙玥玥六神无主的样子，不知道这样的幸福他是否可以牢牢地握在手上。

10

渣男的事迹纵有千千万万，但总结起来也没什么太大差别。

某些情场老手总是可以轻易地一边面朝大海地同时泡着几个姑娘，一边对每个姑娘许诺春暖花开，并用尽理由为自己的失败找各种借口，甚至毫不羞愧地花着女人的钱，到最后感情耗尽或者另有新欢，再以为彼此好的名义悠然离开，装作不带走一片云彩。

每个渣男都有一百万种伎俩和借口，在每一个不谙世事的痴情少女面前，这一百万种伎俩里的每一招，都好使。

春雨的噩梦

1

春雨这一周都没有出过门，她把自己关在房间里，不开灯，躺在地上睡觉。说是睡，也只是蜷缩着而已。这块混纺的地毯还算舒适，之前邹明执意要买纯羊毛的，但春雨偏偏看上了这款，她很满意地毯绿油油的颜色，鲜亮得如雨后的芳草地。虽然现在上面布满了泥巴，很脏，但有洁癖的她却没心思在意这些细节。她有点感冒，一直在流鼻涕，但她不想吃药，只是裹着个薄毯子，六神无主地在地上蜷缩了整整一周。

她没有刷牙，嘴里臭气熏天，不过幸好这些日子也没人跟她讲话。她连着几天都没正经吃过东西了，饿得实在受不了时就从冰箱里扒拉一点吃的充饥，那里面有剩饭剩菜、快发霉的水果和一件罐装啤酒。

她的头发已经油得打了结，黏成了一团，她感觉自己浑身也是油腻腻的。

她忘记这周是怎么熬过来的了，每一秒都好像一个世纪那么漫长，她仿佛在一个黑洞里飘着，思绪恍惚，漫无目的，度日如年，心如死灰。

她被强奸了。

2

上周五晚，春雨一个人撑着伞疲惫地往家走。梅雨季节的江南小城，淅淅沥沥的雨连下了半个多月。路很滑，她一边小心翼翼地走着，一边长舒了一口气——终于下班了。作为一家广告公司的市场专员，她竟然也跟着设计师们连加了三天班。那个客户特别事儿，千字的文案催着他们改了一百多遍，到最后竟然又选用了初稿，简直气得人想骂娘。

她是在春雨里出生的北方女孩，但从小就向往烟雨的江南，大学毕业后就决定在南方生活。她的家在巷子尽头，当初之所以在这儿买房，就是看上这种有岁月印迹的白墙黛瓦。可男朋友邹明并不喜欢，他是个体面的商人，更喜欢钢筋水泥的高楼大厦，不想住在这种歪歪扭扭的矫情小房里。

她刚来例假，现在浑身酸痛。此时，整条巷子空荡荡的，无人出没，只有嘈杂的雨声。她揉了揉肿胀的太阳穴，只想赶紧回家好好补个觉。

这时有人拍了她一下，春雨扭过头去，看到身后贴着一个高大的黑影。

他穿着一身黑色雨衣，边咳嗽边冲她笑，露出一口黄牙，面容猥琐，非常恶心。她不知这人是从哪里冒出来的，也可能他尾随已久，只是自己太累了没注意到。春雨以为只是个问路的人，毕竟这条巷子有些年头了，七拐八绕的，经常有人迷路。但这人笑得太诡异了，她条件反射地往后退了几步，说：“你谁啊，找我有事吗？”

那人并没有回应，只是咯咯地笑，笑着笑着，忽然猛地拽住了她的胳膊。春雨一个踉跄，倒在了地上，他顺势就把她拖到了旁边狭窄的过道，那里倒满了垃圾，很少有人经过。

四脚朝天的春雨脑子一蒙，心想，糟糕，遇见流氓了。

他一边拖着春雨，一边试图把手塞进她的衣服里。春雨又羞又怒又着急，胡乱拍打着他乱摸的手，嘴里不断地喊着救命。她带着哭腔对他说："你别这样，我有钱，你把包里的东西全拿走，求你放过我，好吗？"

穿雨衣的人没有理会春雨的愤怒和求饶，他把她按在地上，用膝盖压着她的两条腿。这个人劲儿实在太大了，春雨感觉自己的膝关节都快要被压断了。他一把就拉下了她的裙子，裙子的金属拉链划伤了春雨的腰，疼得她眼泪都流出来了。她用头撞那个男人的下巴颏儿，涕泗横流地哭喊着，可他反而显得更加兴奋……

她喊得声音嘶哑，但一切求救声仿佛都被倾盆而下的雨水淹没了，大约十分钟后，或是更久，她彻底晕倒了。

施暴的男人不顾春雨的例假强行进入她的身体，等她醒来后，发现自己赤身裸体地躺在垃圾堆里，周围都是垃圾、泥巴，还有混着血的雨水。

春雨感到恶心，但此刻她浑身无力，动一下就疼，吐也吐不出来，只能不停干呕。雨越下越大，雨点噼里啪啦地砸在她的身上，她抱着腿蜷缩了很久，慢慢才有了点力气。她捡起散落一地的衣服，不分正反胡乱地套在了身上，扶着墙一步一步地走回家。她快不行了，下体又酸又胀，像是被扎满了针。

她忍着剧痛歪歪扭扭地到家，伞早已不知丢在哪里，浑身都是混杂着血的泥水。她在浴室里洗了一晚上的澡，边洗边流泪。

她感觉天塌了，因为她变得不干净了。

她脏了。

3

家里的门忽然开了，是邹明，他终于出差回来了。

春雨又惊又喜，心里非常矛盾。一方面，她希望邹明能在家陪着自己，毕竟这些昏暗的日子太难熬了，静得吓人，一闭上眼就全是血腥的红色。可她又不想他回来，她没法面对他，现在的她是一个脏兮兮的坏东西，从内到外。

邹明看着一片狼藉的家和魂不附体的她，不明就里，连忙担心地抱着她问发生了什么事。她一言不发地摇头，只是哭。

邹明说："是不是哪个客户又欺负你了？我就说广告公司不能待，甲方总是一会儿一个想法，早晚要被他们逼疯掉。"

春雨没有回答，还是哭。

邹明说："不然就别干了，我养你，不差那几千块钱，没必要为了那点工资去受气。"

春雨靠在他的肩膀上，哭着点了点头。

邹明说："没关系，你要是不想说的话，就静一静。但你要知道，无论发生了什么事，我都陪着你扛过去。"

春雨抹了把眼泪，看着他，觉得这个男人就是自己唯一的依靠。她揉了下眼睛，抽泣地说："真的吗，无论发生什么吗？"

邹明摸了摸她油腻腻的头发，说："当然。"

4

春雨决定把这件事烂在肚子里，她从来没想过要报警，因为一旦惊动警察，他们肯定会要求她尽可能地再去回想那些噩梦般的细节，让她重新记起自己受折磨的过程。

她做不到，她宁愿忘记一切，也不愿此事成为自己挥之不去的阴霾。

她清楚，如果警察立案，少不了要四处走访取证，这必定会惊动街坊四邻，一旦公布于众，自己就会被更多人进行二次审判。人们对她的同情只可能是一瞬间的良心发现而已，之后她就会变成人们茶余饭后的谈资。

人言可畏，社会只会欺负少数的弱者，有时候传言比罪犯更伤人。她清楚，有很多好姑娘挺过了凶手的蹂躏和摧残，却没挺过长舌妇的指指点点。

她能想象到那些词汇：骚货、贱人、荡妇、婊子、苍蝇不叮无缝蛋……这些恶毒的标签会分分钟裹挟她，甚至还会有人用色眯眯的眼光骚扰她。她不想先被一个施暴的人强奸，再被人们的闲言碎语强奸。

更何况事情公开后，她要怎么面对邹明，甚至可能连邹明的脊梁骨也会被人戳穿。

这个时代，科技虽然在飞速发展，但旧思想、旧观念一如既往地能吃人。

报警无非就是还自己一个公道而已，但公道并不能还自己一个清白，即使抓住了那个穿雨衣的人，又能怎样呢？哪怕将他千刀万剐也不能解恨。

她也从来没想过自杀，那是懦弱的表现，她没有做错任何事，为何要去寻死？她下定决心，只要自己不说，这件事情就会永远烂在肚子里，永远不会有人知道，她可以换个地方继续生活，让一切重来。

5

她辞了职，打算搬家，去一个再也不会下雨的地方。她讨厌阴冷的雨天，讨厌穿雨衣的人，讨厌南方的小巷子。她性情大变，变得敏感多疑，小心翼翼到神经质，她甚至开始讨厌自己的名字，春雨春雨，她不想在春雨中出生，再在春雨中死去。

邹明刚开始还抱怨她神经病，搞得家里鸡犬不宁，经过几次争吵之后，他也只好无奈地看着她歇斯底里，等她安静下来，又体贴地抚摸着她的头发说：“没事没事，别难过了，一切事情我都陪你着扛。”

春雨看着他温柔的眼睛，羞愧不已。

6

尽管春雨一千万个不想面对，但老天总是如此不遂人愿。半个月后的某天，她难得提起了点兴致，跟邹明出门逛了趟街，久违的大晴天让她觉得自己又活过来了，那也是她自那事之后第一次开朗地笑。

晚上他俩回到家不久，门铃就响了。那时邹明刚坐下来看电视，春雨开的门，门外是两个警察，很客气地说想跟她了解点情况。春雨走出来，把门带上，小声地抗拒说：“不管你们来找我是因为什么事，我全都不知道，我也什么都不想知道，请你们离开。”

警察很不解，有点尴尬，其中一位女警说：“派出所不远，就在巷子另一头，我们可以到那儿好好聊聊。”

春雨愣住了，说：“既然这么近，我被强奸的那一天，你们在做什么？”

原来，那个人在强奸了她之后，又沿路抢了一个男孩的包。警察接到报警之后调了这条街的监控录像，才又牵扯出这么一桩案件。警察没花多长时间就逮捕了那个穿雨衣的人，经过审讯，他对罪行供认不讳。而之所以强暴春雨，只是因为“喝多了，看了几部毛片，正好觉得这小妞一身职业装，挺骚气，又孤身一人，就想玩玩”。

最后，警察对春雨说：“如果你早点报警，这事就会早日有个了断。”

春雨看着警察说：“报警？报警对我有什么好处？法律能替我杀了他吗？法律可以还我一个清白之身吗？”

7

春雨有气无力地从派出所回到家，发现邹明依然在看电视，神经大条的他竟然没有察觉自己刚刚出了门。

此时电视上在播一个法制节目，报道了一个案件，内容如下：

近日，小李和女友晚间在市郊公园散步时，被以王某为首的几个社会青年盯上。在尾随他们到小树林后，王某色心大起，伙同其他人将小李女友拖走进行猥亵。半小时后，警察匆匆赶到，在公园附近的假山里找到了衣冠不整的女孩，她哭哭啼啼的，非常难过。警察要把小李和女友一起带到派出所做笔录，但是这对情侣坚决不从，他们放弃报警，表态说不想张扬这件事，最后还文绉绉地强调说，不打扰就是对他们最大的帮助。

春雨看到这里，默默地点了点头表示赞同：是啊，她不想打扰别人，也不想别人再来打扰她。

一脸正气的主持人总结说，在我国，被强奸的妇女中只有7%报了案，而93%的女性都采取了沉默的态度，也正是因为这些沉默的大多数，才让更多的犯罪分子逍遥法外，甚至更加肆无忌惮。

没错，春雨就是这93%中的人。她冷脸看着那位站着说话不腰疼的女主持人，在心里狠狠地骂道："敢情被按在垃圾堆里遭强奸的人不是你。"

主持人说完后，画面一转，开始放几段女性被强暴的画面，虽然打着马赛克，但那些片段在春雨看来依然残忍。她对邹明说："把声音调小点吧，太大了，心烦。"

邹明边拿着遥控器调音量边说："也不怪这个社会乱，有些女的啊穿的就是太暴露，妖里妖气的，一看就不正经，由不得人把持不住呢。"

然后他扭过头来跟春雨嬉皮笑脸地开玩笑，他说："你以后也注意点，别因为是做市场的就整天穿得花枝招展。"

8

春雨蒙了，看来这天终于还是来了，她早就知道一定会有人风言风语地说"谁让你穿那么少，那么多人没出事，就你被强奸，一定是因为你不自重"这种话，但她万万没有想到这话竟然是从她男朋友口中讲出。

穿得好看一点没有错，怎样打扮是每个女孩自己的权利，这不应该成为她被强奸的理由。从来没有人了解那天她被施暴的原因，人们只是带着偏见去审视她这样一个受害者——"你出事一定是因为你不自重”，这样的说法她一千万个不能接受，因为任何的性侵都不是受害者的过错，她从来不觉得自己有任何问题，没有女人不爱美。

她越想越气，于是顺手拿起了她的包，里面放着她刚从派出所领回来的讯问笔录复印件，那文件按原则讲是该保密的，但警察强烈建议她拿回去好好看看，考虑诉讼。她把那份文件抽了出来，狠狠地甩到了邹明的脸上，她说：“浑蛋，你凭什么说这些话。”

无波无澜就是最好的青春

1

我高中的时候拜过一大哥，他年长我一两岁，留过级，体育生，人高马大，皮肤黝黑，听说很有背景，很讲义气，经常帮小弟出头打架，是我们学校的扛把子。

我们那个年龄，打群架基本上跟《阳光灿烂的日子》里演的差不多，双方约个地点，各带一拨人，手里握着根本就没有开刃的匕首、砍刀、钢管等家伙撑场面。

在我跟着大哥混江湖的短暂岁月里，基本上没见过真刀真枪的打斗，我常常在其中扮演群众和人肉道具。

不过林子大了往往也有不给面子、不识抬举的。那天，大哥在夜市跟小弟们喝酒撸串，不知道因为什么，其中一小弟跟邻桌杠上了，俩人互摔啤酒瓶子指着对方的鼻子骂，接下来按部就班地打电话找人。

没多久，对方就招来了一帮子人。

大哥跟往常一样递烟自报家门，打算大事化小，小事化了，不料人家根本就不关心大哥的脸面，对着他就是一脚。这一脚，在江湖上叫作“点炮”，谈判中但凡有人先点了炮，那这一架基本上就没有不打的道理了，于是借着酒劲儿，双方就真打起来了。

大战正酣，大哥不知道从哪里寻摸到一把西瓜刀，拿着就朝对方捅了过去，一下子捅穿了那个人的胆囊，胆汁和鲜血哗的一下喷薄而出，众小弟一看见血，吓得迅速休战，作鸟兽散。不知道是哪个围观群众报了警，不多久，“110”和“120”同时响着警铃赶来，一辆带走了被捅穿胆囊的倒霉蛋，一辆带走了已经打蒙了的大哥。

大哥因此被判了六年。

时光如梭，五年半的时候，大哥因为表现良好提前出狱。

2

大哥出狱后，竟然真的洗心革面，彻头彻尾地变了一个人。他完全没有了昔日的猖狂，嚣张不再，沉默寡言，做事谨小慎微，甚至跟谁说话都用敬语，天天“你好”“谢谢”“对不起”挂在嘴上，活脱一个三好学生。

刚出狱时，大哥的一位老兄弟介绍他去开发区的某个娱乐场所上班，帮忙看场子，一天200块钱，现结。结果大哥只上了两天班就要辞职。

3

再后来的某天，大哥不知道从哪里知道了我的微信加了我。他跟我说，家里太小，人们都对他知根知底，不好找活儿干，所以打算去外面看一看，让我帮他留意一下工作。

正好当时我老家的省会城市在推一个跨境电商示范园区的项目，我一哥们儿不知道从哪路神仙那儿弄来了一个扶持名额，在园区里盘了一个小库房，做代发货业务。

所谓代发货，就是他自己事先囤一些货物，上游电商网站接到订单后按片区划分一部分走他们库房，由他们代发。当时那哥们儿跟我提过，说想招几个库管，帮忙盘点货物，偶尔打个包、搬点东西什么的，最好能吃苦，力气大，包吃住。

我想到了大哥，觉得正合适，虽然工作苦一点，但不用跟熟人打交道，于是就把他介绍了过去。

结果，没两个月，朋友打电话给我，劈头盖脸就是一顿骂，说：“你那兄弟神经病啊？整天瞎操心，什么都管，还把警察给我招来了，打算断老子财路呢？”

原来，他们公司为了尽可能地压缩成本，会把部分货物（主要以中低端化妆品为主）做“贴牌处理”，这种贴牌跟常规意义的上OEM不同，是把国产货倒在进口货的瓶瓶罐罐里，然后打码封装，搞的跟“海外直邮”一样，再通过快递发到网购者的手上……

前阵子，朋友接了批大单，熬夜加班做贴牌，人手不够，就把大哥叫来帮忙。大哥刚开始不明就里地跟着做了几天，慢慢地熟悉了之后，一身正气的大哥当时就指责他说这是以次充好，说这是假冒伪劣，这么干昧良心，竟然当时就打了“110”和“12315”。

大哥被炒鱿鱼之后，又辗转去了几个城市，绕了一大圈，最终无奈又回到了老家，现在在我们当地做快递员。

4

在我老家那样的四五线小城里，除了顺丰，其他快递基本上是不上门的，都是打电话让人下楼取件。唯独大哥勤勤恳恳、任劳任怨，一层一层爬楼梯，一定要将快递亲自送到客户手上，眼看着本人签收才放心，而且极其准时，说几点就几点。某次，他在电话里跟买家约好第二天6点派送，买家的意思当然是晚上6点，可大哥以为是早上6点，第二天天没亮大哥就敲人家门，等人起床签收。

前阵子，听说大哥承包了我们市区某个快递的业务，不知真假，但他对待每一个包裹都很谨慎，生怕一不小心磕了碰了，时间久了也的确是在当地树立了好口碑。

5

故事讲到这儿，按大家熟悉的鸡汤套路，你们会以为这就是一个励志故事，接下来我肯定要各种慷慨激昂地总结，例如浪子回头金不换，柳暗花明又一村，世上无难事，只要肯攀登……

可是不，我想说的其实是坎坷。

大家都说浪子回头金不换，都说只有经历巨大的挫折才能让人进步，都说人生需要磨炼才能更好地成长——我们这些躺在沙发上感叹他的故事精彩纷呈，然后笑着说这种话的人，根本没有真正感受过犯下不可弥补的错误后随之而来的无尽悔恨！

这些不堪回首的经历并没有让他的人生更好。

大哥19岁入狱，25岁出狱，他跟时代有五年半的断层，很多同龄人习以为常的事物，对他来讲都是时髦玩意儿，需要付出很高的学习成本。同时，他的性格又变得谨小慎微，生怕一点事情做不好，再给自己惹来牢狱之灾，这也导致他失去了很多工作机会，错过了一些发财的机会。

而这一切，源于那次青春年少的一时冲动。

只因那一时冲动，他埋葬了五年半的大好时光。人生只有匆匆数十载，25岁，别人从大学毕业步入职场，大哥从监狱大门出来重见光明。他入狱的第二年，他母亲就因为他的教育问题跟他父亲离婚。此后他父亲整日喝得烂醉，甚至记错了他出狱的时间。

大哥这些年在狱中经历了什么，体会了什么，忍受了什么，消化了什么，受过多少磨难……根本就没有人知道。

而他出狱之后经历的巨大的心理变化和遭受的社会舆论压力，更不会有人懂。

6

知乎上有一个话题是："在监狱中服刑是怎样的体验？"有个在假释期间的犯人写了一些对狱中的生活的描述，然后有个中二少年在下面留言说："好酷啊！真羡慕你有这样的经历。"

——吓得那个人赶紧删除了自己的答案和所有留言。

我想那个中二少年一定是看了不少美剧和青春题材的影视作品，荧幕里的型男靓女小鲜肉文着各种酷炫的文身，爱得死去活来，好像只有那样放肆的爱恨情仇才是最好的青春。

可那是影视作品，对于影视剧编剧来讲，在有限的篇幅里尽可能多地展现矛盾冲突是他们的本职工作，如果没有那些死去活来的缠绵情爱，如果没有那些热血配乐和刺激眼球的镜头，你又怎么会买账？

我也赞成应该趁着年轻多去经历，我也知道我们的青春是需要被贴上很多与众不同的标签的，这样老了以后想起来，才会感慨没有白过一场青春。

可是说青春应当疯狂，试问怎样才算是疯狂？

7

《奇葩说》里有一期蔡康永跟高晓松对“好命”这个话题进行讨论，蔡康永说道：

> 我不知道怎样的命才算是好命，高晓松说的好命得活到120岁左右，确认健康，儿孙满堂，没有离婚，这样才叫作好命。如果这个做标准的话，真的没有办法检验。
>
> 我认为今天坐在这里的人都足够好命。
>
> 我的人生观向来是，常常感到某一刻是幸运的，就是好命的。我认识很多人将自己包裹得太紧，不愿意释放出爱，他们是成功的，他们是坚强的。可是我认为他们当下错过太多，所以我不会认为那是好命。

我很认同蔡康永的观点，真正美好的青春应该就在当下的这一刻，这一刻你感受到了幸福，体验到了快乐，就是好命的青春。

8

如今，有太多文章打着“不枉费青春一场”的名义，鼓动人去放纵、疯狂、冲动、任性、穷游、叛逆、撒野、胡闹，似乎只有这样才是真正“无悔的青春”。

可是，是否没有放纵、疯狂、冲动、任性、穷游、叛逆、撒野、胡闹过就一定不是最好的青春？

苦痛和磨难往往不会让人变得更好，只会让生活变得更加糟糕，不堪回首，充满了遗憾，不要等到尝遍了世间的所有悲酸苦楚之后才知道平凡的宝贵，不要等到把所有的错都亲身经历过之后才幡然醒悟、悔不当初，更不要等到那无可挽回的一天，才彻底懂得“珍惜现在的时光”这一简单的道理。

因为你要知道，疯狂、冲动、放肆、任性、穷游、叛逆、撒野、胡闹，等等，这些词语有一个十分吓人的近义词，叫作“一失足成千古恨”。

所以，谁说你我现在这样无波无澜的生活就不是好的青春？

后记

这世界正在遗忘不改变的人

2009年，我跟朋友一同来北京。

我因为没有大学文凭，求职屡屡碰壁。而朋友的运气比我好得多，很快就找到了一份朝九晚五、不加班、旱涝保收、有双休的好工作：某国营超市的库管员。

现在想来，他那时真是悠闲到不可思议，早上9点上班，开始盯着监控器，玩手机；中午吃顿工作餐，下午继续盯着监控器，玩手机；下午6点下班，回到员工宿舍里躺着，继续玩手机。

在北京的这些年，他玩的手机由诺基亚换到摩托罗拉，再由摩托罗拉换到三星，再由三星换到小米、华为，但面前的那块监控屏幕和屁股下的椅子依然如旧。

这期间，他就涨过一次工资——500块。

后来，那家国营超市倒闭了，仓库搬进了一家电商公司。这家公司的监控全国联网，不需要人整天坐在那儿傻傻地盯着，于是，朋友失业了。

没有多余技能的他，再难找到如此悠闲的工作，晃荡了小半年后，无奈地离开了北京。

走的时候，朋友抱怨说，北京的生活成本太高了，房价高不可攀，雾霾严重，活着太累。

他站在西客站的自助取票机前，摆弄着那台机器，搞了半天愣没明白怎么用。

最终，他感慨了一句：“北京不欢迎我了。”

不只是北京，我的同学有的毕业后去了省会城市，如今，依然有人留下，有人离开。

再往远了看，美剧里那些去纽约洛杉矶想成为大律师的年轻人、日剧里那些去东京大阪高喊着“我要做全国第一的漫画家”的年轻人、韩剧里那些去首尔釜山要当大明星的年轻人，他们的生活和我们的生活没有区别——人类的发展史就是一部迁移史，一根萝卜一个坑。

每个人都是一根萝卜，生下来就是要找到属于自己的那个坑。

而这个过程并不是一帆风顺的。

著名的悬疑小说家蔡骏老师曾讲过一个故事：他十八岁那年为了找工作，把2000个民用电码背得滚瓜烂熟，终于学会了如何使用电传打字机。结果，他刚从学校毕业，BP机普及了，民用电报这个行业连带着教他技能的那所电报学校，一夜间彻底消失了。

春节期间的热播电影《乘风破浪》里，彭于晏为了能给妻儿老小留下笔财富，就囤了一屋子的BP机。结果，他刚入狱，移动电话普及了，BP机被淘汰了。

小学时候，我叔叔开过一家碟吧，他进了上千张碟片，分门别类地码放整齐，又租了间500平的大房子，隔成了数个小单间，来店的顾客只要花上2块钱，就可以惬意地躺在沙发上看完一部片子。

结果，他的碟吧开了不到一年，网吧普及了，再也没有人去他店里看莫名其妙的影碟。他破产了。

我刚到北京那年，还在用诺基亚，它不能上网，更连不上WIFI，只能打贪吃蛇；订饭时，我要一手拿着它，一手拿着外卖单给饭店服务员打电话，念拗口的菜名；它也不能看新闻，我每天获得的资讯来源于在地铁里领的公交早报；如果加班到很晚，想打车，我只能冲到东三环主路上拦车，没有一款神奇的应用告诉我，接我回家的车离我还有多少米。

短短几年，地覆天翻。

诺基亚躲在富士康的代工厂里苟延残喘，地铁里的免费报纸消失不见，饭店再也不印发丑陋的外卖菜单，当年嚣张的出租车司机现在怨声载道，痛骂滴滴抢走了订单。

如今，我的吃喝拉撒睡，全都能通过一部手机解决。

去年年底，沃尔玛宣布裁员7000人，裁员的主要对象是各分店的会计以及审计人员，至于裁员的原因，沃尔玛管理层的解释是，这些传统工作，由计算机自动化完成能大幅提高效率，且更节省成本。

与此同时，世界四大会计师事务所之一的德勤宣布，将人工智能引入会计、税务、审计等工作当中。

一时间，人工智能威胁论甚嚣尘上。

这不是危言耸听，这是大势所趋。

如今社会已全面进入信息化时代，音乐、电视、媒体、票据等均已按数字形式存储，而在这个过程中，信息收集、处理、存储等工作完全没必要再由人类去完成，这些低端劳动力早晚要被人工智能所取代。

还有更多的变革即将到来：特斯拉的自动驾驶已能够彻底替代人类开车；亚马逊的无人送货机正在抢夺快递员的饭碗；甚至，连你家门口的面馆都开始使用机器人做饭了……

极端快节奏的高科技发展，正以摧枯拉朽的势头消灭那些坐吃等死的人。

而在看这本书的你，担不担心一觉醒来，就被机器人所取代？

而在这个快节奏的城市里，有人适应不来，离开了。

也有人留在了这里。

前两天，我一哥们儿在顺义买了房。他没有创业，也没有暴富，只是兢兢业业地勤恳工作。他终日都在加班，甚至，有一年还因为高强度的工作得了胃穿孔。就在我担忧他会不会忽然猝死时，他却成了我们几个北漂钉子户里，第一个成功买房的人。

注意，这不是心灵鸡汤。

我不想告诉你“只要玩命工作不吃不喝就一定走上人生巅峰”的“道理”。

我想说的是：这座城市再大再无情，也总有人买得起房开得起车；有比你混得差的人，就一定有比你混得好的人。

人生就是一场场物竞天择的大浪淘沙，它无关你所在的城市和你如今所处的位置。人们之所以总是把矛头指向北京，只因为它是首都，是全国的政治经济文化科技信息中心，有着最好的人才教育科技等资源。

在如此优质的城市环境中，竞争当然不可避免的惨烈。

如果你整天只是上班刷刷微博，抽空玩玩手机，逢节假日躺在屋里睡大觉……如此混上几年后，你会忽然发现——你跟不上北京飞速发展的节奏了。于是，你只好蹲在原地感叹说：“北京不欢迎我了，不为我开天辟地了，我的梦想不能在这里变得了不起了……”

我都替北京喊冤。

北京在变，世界也在变。

世界变化不停，人潮川流不息。

科技的迭代和大众的需求无时无刻不在变化。中关村每天都有新的创业公司在高喊着要改变世界；地球的另一边，美国西海岸的硅谷，层出不穷的黑科技让人眼花缭乱，整个地球已充满了不确定性的躁动基因。

你永远不知道下一秒会发生什么事情。

它变化得太快。

快到你今天刚买的手机，明天就过时了；快到你今天刚淘的衣服，明天就不时髦了；快到你今天刚发的工资，明天就不够花了；甚至快到你今天刚想明白的道理，明天就不适用了。

别以为躲在温室里日复一日地得过且过就是成长——那只是变老。

现在，你睁大眼睛看一看，北上广是不是时刻都在进行着残忍的淘汰赛？

被清退出去的，就是那些高喊着“北京不欢迎我了”的人。

这个世界就是如此残酷，它每天都在遗忘不改变的人，那些故步自封、不求上进的人只能被淘汰，而如果你不能改变，就只能哭着离开。

新事物代替旧事物是不可阻挡的规律，而北京很无辜，它只是在改变，在进步。

你只是跟不上它进步的脚步罢了。